Deseo

EN LA CAMA CON SU MEJOR AMIGO

PAULA ROE

Editado por HARLEQUIN IBÉRICA, S.A.
Núñez de Balboa, 56
28001 Madrid

I.S.B.N.: 978-84-687-4788-0
Depósito legal: M-20642-2014
Editor responsable: Luis Pugni
Impresión en CPI (Barcelona)
Fecha impresion para Argentina: 30.3.15
Distribuidor exclusivo para España: LOGISTA
Distribuidor para México: CODIPLYRSA
Distribuidores para Argentina: interior, BERTRAN, S.A.C. Vélez
Sársfield, 1950. Cap. Fed./ Buenos Aires y Gran Buenos Aires,
VACCARO SÁNCHEZ y Cía, S.A.

Capítulo Uno

Diez semanas atrás, Katerina Jackson había pasado una noche en la cama con su mejor amigo. Y había sido absolutamente maravillosa.

En aquel momento, mientras iba por la carretera en dirección a Cairns, tuvo que enfrentarse con una imagen del hombre en cuestión, desnudo y sonriendo seductoramente.

Por instinto, pisó el freno, y por un segundo evitó chocar contra el coche que estaba delante, parado en un semáforo.

Frente a ella, un enorme cartel con la fotografía de Marco Corelli, el chico de oro de la liga francesa y el mayor goleador del Marsella en toda la historia del club, casi desnudo.

Bueno, no estaba exactamente desnudo, pero los calzoncillos dejaban poco a la imaginación y las manos sujetando el elástico parecían decir «atrévete a tocarme».

Kat sintió que le ardía la cara, pero no por los marcados pectorales, los fantásticos bíceps o los abdominales que desaparecían bajo el calzoncillo. No, era esa familiar y tentadora sonrisa, el cabello oscuro un poco despeinado, la promesa de placeres prohibidos en esos ojos sensuales.

La cámara había capturado su hipnótico encanto, y ella tenía que pasar frente a aquel cartel cada mañana, con Marco mirándola como si recordase cada detalle de esa noche. Cómo la había hecho sudar, cómo la había hecho gemir, cómo la había hecho jadear.

Kat apartó la mirada del cartel para concentrarse en la carretera cuando los coches empezaron a moverse.

–Por favor, qué idiota soy –murmuró.

Se trataba de Marco, su mejor amigo desde el instituto. El antiguo jugador de fútbol convertido en comentarista estrella, modelo de ropa interior y famoso casanova. Era su mejor amigo, su confidente, su cómplice, su consejero, su acompañante cuando necesitaba una cita y también el novio de su jefa, aunque tenía entendido que habían roto la relación.

Recordó entonces sus muchas conversaciones con Grace sobre Marco. Sí, definitivamente habían roto antes de esa noche, de modo que no tenía ese dilema moral. Solo le quedaban dos problemas: no podía haber sido solo una noche loca con su mejor amigo, no, tenía que haberse quedado embarazada.

«Si pudieras verme ahora, mamá. Todos los sueños que tenías para mí: una vida perfecta, una carrera perfecta, un marido perfecto, unos hijos perfectos».

Angustiada, tuvo que hacer un esfuerzo para contener un sollozo mientras entraba en el aparca-

miento del Canal 5. Después de mostrarle su identificación al guardia de seguridad, aparcó el coche y se dirigió al estudio de grabación. Una vez allí, tiró el bolso en el escritorio y comprobó los mensajes.

Cuatro llamadas perdidas, una de su amigo Connor y tres de Marco; mas un mensaje de texto. Estaba de vuelta en la ciudad y tenían que hablar. *¿Tomamos una copa en el barco? Marco.*

Ella suspiró antes de responder:

Lo siento, tengo mucho trabajo. Además, hay un aviso de ciclón, en caso de que no te hayas dado cuenta. Kat.

Después, miró los mensajes que se habían enviado dos meses antes, un doloroso recuerdo de tiempos mejores.

Que lo pases bien en Francia.

Tengo que tomar un avión, pero deberíamos hablar de lo que pasó anoche.

No hay nada que decir. Echemos la culpa al alcohol y olvidemos ha pasado, ¿de acuerdo?

Si a ti te parece bien.

Totalmente. Borrado de mi memoria en tres, dos, uno…

Muy bien, nos vemos en unas semanas.

Y ya estaba. Debido a sus diferentes horarios de trabajo no solían hablar por teléfono, aunque él le había enviado un par de fotos, pero había vuelto y quería quedar para charlar, como siempre. Y Kat no sabía qué iba a decirle.

—No puedes seguir evitándolo –le confirmó Connor cinco minutos después, cuando le devolvió la llamada.

—Pienso intentarlo.

—No digas tonterías. Marco merece saberlo.

Kat apoyo la cadera en la esquina del escritorio, suspirando.

—Noto ese tono de desaprobación aunque estés en Brisbane.

—Kat, no es que no lo apruebe. Además, yo soy de los pocos que sabe lo que has pasado en los últimos años, pero Marco merece saberlo.

Connor siempre era sincero con ella. Marco, Connor, Kat y Luke, el Cuarteto Asombroso, se llamaban a sí mismos en el instituto. Todos con diferentes personalidades y temperamentos y, sin embargo asombrosamente estupendos cuando estaban juntos, como Marco solía decir. Él siempre había sido el más fanfarrón, un seductor nato, mientras su primo, Luke, era el que se metía en líos, el chico malo siempre buscando atención. Connor era el guapo silencioso y profundo. A veces daba miedo lo frío que parecía, aunque, irónicamente eso lo había convertido en el fabuloso empresario que era. Nunca dejaba entrar a nadie en su círculo íntimo salvo a sus tres amigos.

–No puedo hacerlo. Estoy angustiada y tener que contárselo…

–Es injusto, cariño. Marco no te haría eso.

Kat se pellizcó el puente de la nariz y miró hacia la puerta, donde un auxiliar le hacía gestos para que fuese a la sala de maquillaje.

–Tengo que colgar. Hablaremos más tarde.

Connor suspiró.

–Mantén la calma durante la tormenta.

–Lo haré.

Kat intentaba olvidar la conversación mientras iba a la sala de maquillaje cuando su teléfono volvió a sonar.

Era Marco.

–No quiero hablar contigo –murmuró, dejando que saltase el buzón de voz.

–¿Evitando la llamada de algún novio?

Kat miró a Grace Callahan, la estrella del programa matinal más visto de Queensland, sentada en la sala de maquillaje. Tenía cuarenta años, solo siete más que ella, pero su aspecto era el de alguien que gastaba una fortuna en su aspecto físico y estaba convencida de que era lo más importante en la vida. El pelo rubio sujeto en un complicado moño, el cuerpo trabajado en el gimnasio y bronceado de manera artificial…

Sin embargo, a pesar de su aspecto, tenía una personalidad encantadora que atraía a la gente. Probablemente esa era la razón por la que Marco volvía con ella una y otra vez.

Kat miró su móvil.

–Solo es un hombre.

–¿Ah, sí? ¿Un hombre de verdad, de carne y hueso? Dios mío, ¿dónde está mi teléfono? Quiero hacer una fotografía de este momento.

–Lo dices como si yo fuera una monja.

–Estaba empezando a pensar que lo eras, cariño. Pero esto es emocionante. Estoy harta de las noticias del ciclón Rory. ¿Puedo hablar de ello en el programa?

Kat soltó una risita.

–Ya sabes que no. Yo no soy noticia.

–Claro que sí –Grace se miró al espejo por última vez antes de quitarse la bata–. Eres una celebridad y las celebridades siempre son noticia.

–Por favor, no me lo recuerdes. Odio a la gente que es famosa por ser famosa.

–Lo siento, cielo, pero tus pequeños escándalos han dado de comer a las columnas de cotilleos durante años. Solo hace falta otro para que vuelvan a hablar de ti –Grace se dirigió a la puerta y Kat la siguió.

Era cierto. Aunque ella no era nadie especial, la hija de un conocido inversor y una directora de eventos, la prensa había tenido interés por ella desde que decidió soltarse el pelo a los diecisiete años.

–Nunca contaste la verdad –siguió Grace, mirándola por encima del hombro mientras caminaban por el pasillo–. Sería estupendo: «La antigua juerguista Katerina Jackson por fin cuenta la verdad sobre sus matrimonios, el lado oscuro del fútbol francés y esas fotos escandalosas en la ducha».

–Eso no va a pasar, Grace.

–Podríamos empezar por el principio, incluso dedicar un programa entero. Hablaríamos de tu infancia, tu adolescencia, cómo pegaste a Marco cuando tenías catorce años…

–Fue un empujón, no le pegué.

–… y cómo terminasteis todos en el despacho del director como un moderno Breakfast Club.

–Sabía que no debería haberte contado eso.

Grace soltó una carcajada.

–No voy a decir nada, a menos que tú quieras que lo haga, pero me parece fascinante que tus mejores amigos sean una estrella del fútbol, un banquero multimillonario y el sobrino de un mafioso. Todos machos alfa, todos completamente diferentes y todos noticia.

Marco, Connor y Luke, sus mejores amigos desde el instituto, desde aquel día en el despacho del director que los convirtió en leyenda entre sus compañeros. Se habían hecho amigos porque los cuatro detestaban el instituto y compartían gustos por el cine, la música y juegos de ordenador.

–¿Por qué estabais todos allí? –le preguntó Grace mientras entraban en el estudio.

–Tú sabes por qué.

–Habías pegado a Marco…

–Le había dado un empujón por ponerse chulito delante de sus amigos.

–¿Por qué? ¿Qué te dijo?

–No me acuerdo –respondió Kat. Pero sí se acordaba. Había sido un estúpido comentario adolescente sobre su falta de «atributos femeninos» por el que Marco se había disculpado después–. Habían pillado a Luke destrozando los servicios y Connor estaba allí por corregir al profesor de matemáticas y amenazar con arruinar su reputación.

–Madre mía.

–Así era Southbank Private –Kat se encogió de hombros–. Las chicas no se atrevían a hablar con ellos y a mí no me daban ningún miedo. Supongo que por eso nos hicimos amigos.

–¿Y nunca has pensado…? –Grace movió cómicamente las cejas–. Ya sabes.

–¿Qué? ¡No!

–¿Ni siquiera con Marco?

Kat puso los ojos en blanco para disimular mientras Grace se acercaba al sofá amarillo del estudio, rodeado de cámaras.

–Nunca lo he pensado y no tengo intención de darle una exclusiva a nadie. Ahora soy tu ayudante, nada más. El resto son asuntos viejos que no interesan a nadie.

–Sí interesan, y yo seguiré intentándolo –replicó su jefa, tomando el vaso de agua que le ofrecía una auxiliar.

–Ya lo sé –Kat aceptó su habitual té verde mientras Grace se sentaba en el sofá y empezaba a colocar papeles encima de la mesa.

–¿Sabes algo de Marco?

–Hace tres días estaba comentando los últimos partidos de la liga francesa.

–He oído que volvía hoy. He organizado una cena sorpresa para el viernes.

–¿Ah, sí? –Kat tomó un sorbo de té–. ¿Estáis juntos otra vez?

–En realidad, nunca hemos dejado de salir juntos y tengo planes –Grace tomó un sorbo de agua–. Mi reloj biológico lleva años dándome la lata y ahora que tengo un programa propio y cierta credibilidad en la industria; es hora de pensar en tener un hijo.

Kat se atragantó con el té.

–¿Con Marco?

–Pues claro –Grace frunció el ceño–. ¿Eso sería un problema para ti? Sé que tenéis una relación muy estrecha…

–No, no, claro que no. Es que me ha sorprendido –Kat intentó respirar–. Somos muy amigos, pero tenemos una regla: no meternos en la vida amorosa del otro.

–¿Ah, sí? ¿Entonces nunca te ha dicho nada sobre James o Ezio? ¿Ni siquiera un comentario de pasada?

–No.

–¿Y tú nunca le has contado nada sobre mí?

–No es asunto mío, Grace. Si quieres tener hijos, me parece muy bien.

–¿Seguro? –insistió Grace, colocando sus papeles–. Siempre he pensado que había cierta tensión sexual entre vosotros, pero…

–¿Entre Marco y yo? Por favor, en absoluto –la negativa tal vez sonaba demasiado intensa, pensó Kat–. Es un hombre guapísimo y mi mejor amigo, pero… en fin, él es un espíritu libre.

–Yo diría más bien un fanfarrón –bromeó Grace–. Y un mujeriego, pero eso es bueno, así no se meterá en mi vida ni intentará decirme cómo tengo que criar a mi hijo.

Era cierto. No había sitio en la vida de Marco para una compañera permanente, y menos para un hijo.

Kat tragó saliva mientras los miembros del equipo colocaban las cámaras.

Había algo que estaba claro: Marco no querría un hijo, y tampoco lo quería ella.

Suspirando, se puso los auriculares y observó a Grace sonriendo a las cámaras mientras empezaba con su monólogo.

Su jefa podía ser exigente, pero bajo ese pulido exterior había un corazón de oro. Kat buscaba las historias y Grace se las contaba al mundo, consiguiendo miles de dólares para los proyectos benéficos que publicitaban. La antigua estrella de la televisión había pasado por una clínica de rehabilitación para convertirse en la presentadora del programa más visto en las mañanas de Queensland.

Ella, en cambio, prefería trabajar detrás de las cámaras. Los reporteros del corazón aún le pedían entrevistas, pero estaba contenta con su vida. Le gustaba su trabajo y, como le había dicho a Connor, Luke y Marco diez semanas antes, en un bar de Brisbane, no le apetecía tener una relación.

–Demasiado esfuerzo, demasiado difícil de controlar y muy doloroso al final –había dicho, mirando a sus amigos.

Marco y Luke se habían reído, pero Connor la miraba de una forma extraña, serio y triste, como si no la creyera. Y eso la enfadó tanto que pidió ese último e infausto vodka con naranja.

No le pasaba nada raro. De adolescente no se había obsesionado con novios, bodas o hijos, algo que la separaba del resto de las chicas del instituto Southbank Private, en Brisbane. Además, su afición por los deportes y las bandas de rock había hecho que se acercase más a los chicos.

Y luego estaba «el incidente», como lo llamaba su padre, cuando empujó a Marco Corelli, hijo del notorio jefe de la mafia Gino Corelli. Fue entonces cuando se convirtió en una leyenda entre sus compañeros. Connor Blair, el silencioso, había dejado que se sentara con ellos durante el almuerzo. Luke, siempre enfadado, iba con ella a los conciertos de rock y Marco… bueno, Marco se disculpó por su tonto comentario y se habían hecho amigos de por vida.

Marco, fanfarrón y casanova adolescente con un increíble don para el fútbol que se había convertido en un hombre guapísimo, interesante, famoso y seguro de sí mismo. Marco conocía sus secretos, sus sueños infantiles, sus tragedias familiares.

Especialmente sus tragedias familiares. Tras la muerte de su madre por la enfermedad de la neurona motora, y la posibilidad de que ella misma fuese portadora de ese mal, nunca se había permitido a sí misma la fantasía de ser madre. Pero enfrentada con la realidad del embarazo, no sabía qué sentir. Después de tantos años negándose a hacerse las pruebas y discutiendo con Marco porque prefería vivir sin esa espada de Damocles sobre su cabeza, por fin se las había hecho y estaba esperando el resultado; algo que añadía más estrés a una situación ya de por sí estresante.

Y por eso no iba a decírselo a Marco. Nunca.

Suspirando, se concentró en el presente. Cuando terminaron de grabar el programa eran las once de la noche y estaba agotada. Después de despedirse de todo el mundo se arrastró hasta el aparcamiento, pensando en lo que iba a pedir para cenar.

Pero cuando estaba llegando al coche se quedó inmóvil.

Marco.

El corazón se le volvió loco al ver el traje de chaqueta, la corbata torcida, el pelo oscuro cayendo sobre la frente, la sombra de barba oscureciendo el firme mentón. Alto, erguido, sexy y despreocupado, con las manos en los bolsillos del pantalón y esos ojos castaños, tan penetrantes, mirándola directamente.

En otro hombre menos masculino sus facciones casi podrían parecer demasiado bonitas, pero Marco tenía un aura de puro macho que lo rodeaba como un halo. Su pelo oscuro, un poco rizado, enmarcaba unos pómulos altos, una boca de labios generosos y unos ojos… Y cuando sonreía, bueno, cuando sonreía casi podía oír bragas cayendo a su alrededor. Le recordaba a un héroe de capa y es-

pada, gestos románticos y poemas de amor desesperado.

Y había sido el mejor sexo de su vida.

Marco era adorado por millones de personas.
Todo el mundo conocía su historia: único hijo de
una familia de emigrantes italianos, criado en Australia hasta que un cazador de talentos lo reclutó
para la liga francesa de fútbol a los dieciséis años.
Marco, el italiano de ojos románticos y sonrisa irresistible. Y, por si esa no fuera una ventaja injusta,
además había adquirido cierto acento francés trabajando en Marsella y París.

Marco, su mejor amigo.

Se le encogió el corazón al pensar eso. Se cono-
cían desde adolescentes y contárselo lo cambiaría
todo de manera irrevocable. Marco no se compro-
metía con nadie. Le encantaba su trabajo, las mujeres y su libertad para disfrutar de ambos. Y no
quería perderlo como amigo después de una tonta, aunque asombrosa, noche. No podía hacerlo.

Respirando profundamente, siguió adelante.
Pero cuanto más se acercaba, más extraña se sentía.

Habían hecho cosas íntimas, cosas que jamás
hubiera imaginado hacer con él. Habían estado
desnudos, él la había tocado y besado por todas
partes… y quería hablar del asunto.

Mostrando una falsa valentía, desconectó la alar-
ma del coche y alargó una mano para abrir la puerta.

—¿Qué haces aquí? —le preguntó, conteniendo
el deseo de llevarse una mano al vientre.

—Tenemos que hablar —dijo él, con ese acento

único, una mezcla de francés e italiano que siempre la hacía temblar.

—¿De qué?

—Podemos hablar en mi barco.

Kat suspiró.

—Mira, Marco, es tarde y se acerca un ciclón. ¿No puedes esperar a otro día?

—El ciclón tardará horas en llegar aquí.

—Estoy cansada.

—Y evitándome.

Ella parpadeó.

—No vas a dejarme en paz, ¿verdad?

—No.

—Muy bien, pero que sea rápido. Estoy agotada.

Marco se apartó del coche.

—No irás a dejarme plantado, ¿verdad? —le preguntó, con el ceño fruncido.

—No, te lo prometo.

—Muy bien.

«Tenemos que hablar».

Esas tres palabras cargadas de significado conjuraban una multitud de escenarios que no le gustaban nada, pensó mientras lo veía subir a su coche. Diez semanas antes habían cruzado la línea que separaba a los amigos de los amantes, y una parte de ella quería correr a casa y esconderse bajo las mantas. Pero otra parte quería terminar con aquella incómoda situación lo antes posible.

Suspirando, subió al coche y salió del aparcamiento. No podía huir para siempre. Era hora de dar la cara y enfrentarse con las consecuencias.

El puerto era un hervidero de actividad, con gente asegurando barcos y pertenencias en preparación de la tormenta.

Kat aparcó y se dirigió al muelle, mirando las oscuras aguas. En unas horas, un ciclón de categoría cuatro golpearía la costa y todos sabían la devastación que podía traer porque aún estaban recuperándose del ciclón Yasi, que había golpeado el norte de Queensland unos años antes.

El barco de Marco estaba amarrado al final del muelle. Era un barco brillante con un montón de metros de eslora del que no paraba de hablar cuando lo compró. Pero lo que recordaba de esas conversaciones no eran los caballos del motor, las dimensiones o el consumo de gasolina, sino la emoción de Marco, que parecía un crío con un juguete nuevo.

Marco le ofreció la mano para subir a cubierta y, sin pensar, Kat la aceptó.

Habían hecho eso mil veces y, sin embargo, ese simple gesto la ponía nerviosa. Como si estuviese alerta, esperando el siguiente paso.

Lo cual era estúpido, ridículo y muy inconveniente.

Eso era lo que pasaba cuando una se acostaba con su mejor amigo. No podía dejar de recordar esas manos sobre su cuerpo, haciéndola gemir, jadear…

Consiguió soltarse furtivamente, evitando su mirada. Qué horror sentirse tan incómoda. Habían hecho lo impensable y las cosas nunca volverían a ser como antes. Era como una de sus desastrosas relaciones otra vez, como todo lo que su padre le había dicho durante aquella horrible discusión: «Por el amor de Dios, Kat, ¿no puedes dejar de ser noticia en las páginas de cotilleos? Deja de montar escándalos y pórtate como una persona normal».

Kat volvió a sentir la vergüenza que había sentido entonces al verlo tan enfadado, tan decepcionado con ella.

Sus pensamientos se vieron interrumpidos por el familiar ruido del motor al entrar en la cabina.

−¿Has levado el ancla?

−*Oui*. Nos vamos a la isla.

Ella lo miró, perpleja y furiosa.

−¿Estás loco? ¡No, de eso nada! −Kat salió de la cabina, pero ya era demasiado tarde−. ¡Yo no he aceptado ir a la isla! Y se acerca un ciclón, en caso de que no te hayas dado cuenta. Todo el mundo está poniendo tablones en las ventanas y mi coche está en el puerto…

Marco se cruzó de brazos.

−Primero, mi casa en la isla está construida para aguantar cualquier ciclón; es más seguro que estar en tierra firme en este momento. Segundo, llamaré a alguien para que vaya a buscar tu coche. Y tercero, el informe del tiempo dice que el ciclón apenas llegará a la isla. Llegará a Cairns a las tres de la madrugada, pero a nosotros nos rozará de refilón.

−Pero entonces no podremos saber en cuánto tiempo. No, de eso nada. Vuelve a tierra, Marco.

–No.

–¿Cómo que no?

Él se limitó a esbozar una sonrisa y Kat lo fulminó con la mirada.

–Estás evitando mis llamadas –dijo Marco por fin.

–No sé si lo sabes, pero a veces eres insoportable.

–Dice la mujer que aún no me ha contado que está embarazada.

El corazón de Kat dio un vuelco y luego empezó a latir como si quisiera salírsele del pecho.

–Voy a matar a Connor.

Marco enarcó una ceja.

–No lo culpes a él. Pensó que yo debería saberlo.

–Da la vuelta. No es seguro estar en medio del mar ahora mismo.

–He hablado con los guardacostas y el ciclón no llegará aquí hasta dentro de una hora, tiempo más que suficiente para llegar a la isla –Marco sacudió la cabeza–. Y tenemos que hablar.

–No hay nada que decir.

–Lo dirás de broma. Estás embarazada, así que también tiene que ver conmigo.

Kat lo sabía, pero la frustración le obligó a decir:

–Es mi cuerpo, es mi decisión.

Marco se quedó inmóvil, su expresión una mezcla de sorpresa y seriedad.

–¿Estás diciendo que vas a abortar?

–Tú sabes lo que sufrí con mi madre. Murió dos años después de que le diagnosticaran la enfermedad y yo podría ser portadora.

Él se pasó una mano por el pelo.

—Pues hazte las pruebas. Llevo años diciéndotelo.

—Me las he hecho. Además, yo no podría ser madre. Los niños me odian y...

—¿De verdad te has hecho las pruebas?

—Sí, la semana pasada.

—¿Después de tantos años diciendo: «No quiero eso sobre mi cabeza, dictándome lo que tengo que hacer con mi vida?». ¿Después de las veces que hemos discutido cuando yo intentaba convencerte?

—Sí.

—¿Y cuándo pensabas contármelo?

—¡Acabo de hacerlo! Y hablando de cosas que contar, ¿qué pasa contigo y con Grace?

Marco hizo una mueca.

—¿Qué pasa conmigo y con Grace?

—Estáis juntos, ¿no? Vais a tener un hijo.

—¿Qué?

—Grace me ha dicho que estáis juntos otra vez y sé que ella quiere tener un hijo.

Marco dejó escapar un suspiro.

—Primera noticia. Que yo sepa, rompimos antes de la final de Copa.

—¿Cuándo?

—Mucho antes de la noche que tú y yo pasamos juntos, *chérie*.

—¿Estás diciendo que Grace me ha mentido?

—Tal vez eso es lo que le gustaría, pero no estamos juntos.

Kat suspiró pesadamente.

—Esto es un desastre.

–¿Por qué? Yo no puedo evitar que tomes esa decisión. Si fuera por mí tendría el niño, fuera cual fuera el resultado de la prueba, pero es tu decisión.

–Tú no estabas allí, Marco. No sabes lo que la enfermedad le hizo a mi madre cada día durante dos años. Me niego a dejar que mi hijo pase por algo así.

Una ola golpeó el barco y, de repente, el almuerzo no parecía seguro en su estómago.

–Estaré a tu lado el tiempo que necesites –dijo Marco–. Eres mi mejor amiga, *chérie*, y eso es lo que hacen los amigos.

«Amigos». De nuevo, su estomago se rebeló. Aquella no era una confesión de amor, ni una promesa de final feliz ni un «no puedo vivir sin ti». Era Marco ofreciéndole su amistad y apoyo, como había hecho siempre.

–No lo sé, aún no he tomado una decisión. Además, no puedo… no quiero tener un hijo solo porque tú lo quieras. Los medios se volverían locos y tu carrera se vería afectada. Acuérdate de los titulares la última vez. ¿De verdad crees que te haría eso? Yo… –Kat se llevó una mano al estómago y Marco la tomó del brazo, alarmado.

–¿Qué ocurre? ¿Qué…?

Kat se dio la vuelta para asomarse por la barandilla, pero no fue lo bastante rápida. Un segundo después estaba vomitando sobre la cubierta, encima de los carísimos zapatos italianos de Marco.

Capítulo Dos

–Debería haberlo imaginado –murmuró Marco mientras Kat se volvía hacia la barandilla para seguir vomitando.

–Ay, Dios, no…

–Tranquila, no pasa nada.

Él miró al cielo, cada vez más oscuro. Si Larry, el capitán, se daba prisa, podrían llegar a la isla antes de que empezase el diluvio. Lo que tenía que hablar con Kat era privado, y no quería que nadie escuchase la conversación.

Se volvió hacia Kat, que seguía doblada sobre la barandilla. Debería haber pensado que, estando embarazada, se marearía en un barco…

–¿Quieres algo? –le preguntó, compungido.

Le dolía verla así. Sabía que le costaba trabajo vomitar porque le había sujetado el pelo en más de una ocasión mientras frotaba su espalda después de alguna borrachera.

Kat no se movió. Se quedó inclinada sobre la barandilla, con el viento golpeándole la cara hasta que por fin llegaron al muelle de Sunset Island veinte minutos después. Entonces se irguió, apartándose el pelo de la cara y haciendo una mueca de asco.

–Voy al baño –murmuró.

Cinco minutos después, mientras Marco repasaba mentalmente la conversación que iba a tener con ella, Kat volvió del baño, pálida y seria. Sin embargo, parecía tan tranquila que sintió el deseo de besarla, de hacer que se sintiera tan frustrada y confusa como él.

Una idea estúpida, porque Kat había dejado bien claro que quería olvidar lo que ocurrió esa noche y, además, sería lo más sensato. Eran amigos. Su amistad había perdurado en el tiempo, estuvieran donde estuvieran. Sí, los rumores de la prensa siempre daban a entender que había algo más entre ellos, pero ellos se reían del asunto.

Sin embargo, mientras él tenía el estómago encogido, ella parecía casi tranquila. Como si ya hubiera tomado una decisión y estuviera convencida.

Era tan fuerte. A veces, demasiado fuerte. Una de las cosas que más lo atraían e irritaban de ella a la vez.

–No sé qué más tenemos que discutir –empezó a decir Kat, viendo cómo la tripulación se preparaba para atracar–. Es una pérdida de tiempo. Además, se acerca un ciclón y tenemos que informar de nuestro paradero.

–He llamado a las autoridades antes de salir. Y a tu padre, a mi madre y a Connor –respondió él.

–Vaya, lo tenías todo planeado, ¿no?

Marco decidió pasar por alto el sarcasmo.

–Estamos a salvo aquí, Kat.

¿A salvo? A juzgar por su expresión, estaba pensando lo mismo que él. En la noche que pasaron juntos; recordando cada segundo a pesar de su determinación de olvidarla.

Era increíblemente excitante saber que estaba recordando una noche que en lugar de saciar su ansia solo había conseguido atizar más el deseo.

Cuando la tomó del brazo para bajar del barco, Kat lo fulminó con la mirada y clavó los tacones en el suelo.

−¿Vas a quedarte en el barco como forma de protesta?

−Debería hacerlo.

−No digas tonterías. Se acerca una tormenta.

−Eres tú quien me ha arrastrado hasta aquí.

Marco suspiró.

−Mira, *chérie,* vamos a casa. Si quieres gritarme, al menos allí estaremos a salvo.

Kat levantó la barbilla y lo fulminó con la mirada.

−Muy bien, pero en cuanto haya pasado la tormenta me llevarás de vuelta a casa.

Marco tuvo que disimular una sonrisa.

−De acuerdo.

Kat volvió a mirarlo por última vez antes de bajar al muelle, sus tacones repiqueteando sobre el suelo de madera mientras él daba órdenes a la tripulación para que volviesen a tierra en la motora.

El carrito de golf que solían usar para ir del muelle a la casa por la carretera de la costa era eficiente y rápido y, como tantas otras veces, Kat contuvo el aliento, maravillada ante la fantástica casa con paredes de cristal, medio escondida entre la vegetación y, sin embargo, con una vista espectacular del océano Pacífico.

Era el paraíso de Marco, un sitio para relajarse y ser él mismo con sus amigos; la persona a la que conocía tan bien, el hombre que desde un par de meses antes conocía su cuerpo íntimamente, el que la había hecho gemir y llegar al orgasmo.

Cuando llegaron a la entrada Marco le ofreció su mano y ella se vio obligada a aceptarla, aunque la soltó en cuanto estuvo fuera del carrito de golf.

—Tenemos que asegurar las ventanas —dijo él, mirando al cielo.

Kat lo siguió por el camino que llevaba a la puerta. El viento empezaba a soplar con fuerza, sacudiendo las copas de los árboles.

—Los pájaros y los murciélagos desaparecieron hace tiempo —comentó Marco, con el ceño fruncido mientras cerraban las persianas de seguridad—. Saben que va a pasar algo.

—Dicen que el ciclón pasará por Cairns.

Marco asintió con la cabeza.

—Hay que prepararse para lo peor, así que no debemos quedarnos aquí. Vamos dentro.

—No tengo nada que ponerme —dijo Kat entonces.

—Aquí hay cosas tuyas de la última vez. Y puedo prestarte algo de ropa.

¿Llevar la ropa de Marco... con su olor, sabiendo que esas mismas prendas habían estado en contacto con su piel? No, gracias.

No dijo nada mientras iban hacia la parte trasera de la casa, pasando por la asombrosa piscina con un bar a la derecha, una elegante y cantarina fuente a la izquierda.

Por fin, llegaron al corazón de la casa: la enorme cocina salón con cómodos sofás, pantalla de plasma, mesa para diez personas y paredes de cristal. Marco siempre recibía a sus invitados.

Kat fue directamente a la nevera, sacó un refresco y se acercó a una de las ventanas, desde las que normalmente se podía ver el océano Pacífico. Desafortunadamente, tenían que cerrar contraventanas y persianas para que el ciclón no las destrozase.

Durante el día se podía ver el cielo azul y el mar infinito. Por la noche, una absoluta negrura lo envolvía todo, las únicas luces las de tierra firme al otro lado. Pero en aquella ocasión solo podía oír cómo se agitaban las palmeras tras las persianas mientras escuchaba las firmes pisadas de Marco sobre el pulido suelo de mármol. El aroma de su loción de afeitado le llevó el recuerdo de aquella noche, diez semanas antes...

—Aquí estaremos a salvo de la tormenta —empezó a decir, de espaldas a él.

—Sí —Marco abrió la puerta que daba al patio—. Pero debemos tomar todas las precauciones.

—El sótano —Kat empezó a recoger las sillas.

Él asintió con la cabeza.

—Y vosotros os reíais de mí por haberlo convertido en un refugio.

—Es una bodega. Y lo peor que has visto nunca ha sido una tormenta tropical, no un ciclón.

–Siempre hay una primera vez para todo.

Esas palabras adquirían un nuevo significado esa noche.

Kat lo vio llevar las sillas dentro, esperando que rompiera el silencio mientras ella, nerviosa, arañaba la etiqueta del refresco.

Por fin, Marco cerró la puerta y colocó sillas y tumbonas en una esquina sin decir nada. Y ella estaba a punto de explotar.

–Marco…

–Kat…

Los dos empezaron a hablar al mismo tiempo, pero fue ella quien hizo una pausa, dejándolo seguir.

Cuando se pasó una mano por el pelo, suspirando, Kat tuvo que disimular un gemido. Sabía muy bien lo suave que era ese pelo, cómo se rizaba como con vida propia y cómo con un pequeño tirón podía dirigir la boca de Marco hacia su cuello…

«Ay, Dios, tienes que dejar de pensar en eso».

Cuando levantó la cabeza, él la miraba con sus penetrantes ojos oscuros haciendo que se sintiera desnuda. Ridículo, porque lo último que querría Marco en ese momento era llevarla a la cama.

Qué visión acababa de conjurar.

«¡No, no, para!».

Entonces, abruptamente, él se dio la vuelta.

–Tienes que comer algo –murmuró, abriendo la nevera–. Y tenemos que preparar la cena para esta noche.

Su estómago eligió ese momento para recordarle que el almuerzo había desaparecido por la barandilla del barco.

—¿Qué tienes?

—Elige tú. Yo voy a colocar cintas de seguridad en las ventanas.

Kat preparó panecillos, queso, embutidos y ensalada de patata mientras Marco ponía cinta en todos los cristales.

Después de comer se sentaron en el sofá y tomaron un café, la televisión muda dando continuos informes sobre al avance del ciclón.

Era algo normal entre ellos: el café, la televisión en silencio, ella sentada en una esquina del sofá sobre un montón de cojines, Marco al otro lado... sin embargo, la tensión que había entre ellos era algo nuevo.

Y fue Kat quien rompió el silencio:

—Grace pensaba organizarte una cena sorpresa el viernes.

—¿Ah, sí? —Marco enarcó una ceja.

—Sí.

—Ya.

—¿Por qué pones esa cara?

—¿Qué cara?

—Tú sabes a qué cara me refiero.

Marco suspiró.

—No sé por qué sigue intentándolo. Rompimos hace meses.

—Ya veo —Kat apretó los labios. Marco no le mentiría, de modo que debía ser cosa de Grace, que solía exagerar sus relaciones: el ejecutivo de televisión tres meses antes, el escritor ruso, la antigua estrella de televisión.

Pero Marco se volvió abruptamente hacia ella y Kat se olvidó de Grace por completo.

–Oye, soy yo. Tú y yo siempre hablamos de todo y…

–De todo no.

–Deja de evitar el tema. Vamos a pensar con lógica en la situación.

–Ya te he dicho que me he hecho las pruebas.

–No estoy hablando de eso. Quiero saber si estás dispuesta a tener ese hijo.

–No vas a convertir esta discusión en un debate sobre el derecho a decidir.

–No estoy haciendo eso. Solo quiero que tomes en consideración todas las opciones.

–Eso es lo que he estado haciendo desde que descubrí que estaba embarazada –replicó Kat–. No puedo encariñarme sabiendo que existe una posibilidad de que el bebé herede la enfermedad. Además, supuestamente las mujeres tienen un reloj biológico que les hace desear ser madres, pero yo no lo tengo.

Y, sin embargo, cuando sus pensamientos no estaban ocupados por el trabajo, su apartamento en Cairns o las solitarias noches que tenía ante ella, había dejado volar su imaginación y había visto una casa, un jardín, un marido, hijos. Un pensamiento aterrador.

No podía ser.

–Yo… no sé qué decir. De verdad.

–Bueno, no está mal. Eso significa que no estás convencida del todo.

–No voy a tomar ninguna decisión hasta que reciba el resultado de las pruebas. No voy a… –Kat apartó la mirada–. No voy a encariñarme con la idea de… además, ¿qué haría yo con un bebé? Estamos hablando de mí.

–Que eres una persona estupenda, divertida, generosa e inteligente y tienes mucha gente que te quiere.

Kat se ruborizó ante los inesperados halagos.

–¿Pero ser madre?

–Otras mujeres empiezan con mucho menos.

–Pero ser madre es un trabajo a tiempo completo, un compromiso de por vida –murmuró ella, arañando las costuras del cojín–. No se puede repetir si sale mal.

–Ningún padre es perfecto. Mira la familia de Connor, por ejemplo. Te garantizo que tú lo harás mejor.

Kat asintió con la cabeza. Era imposible evitar a los Blair porque su padre y el de Connor eran socios en Jackson & Blair. Al contrario que los padres de Marco, los de Connor nunca le habían caído bien. Stephen Blair era un hombre exageradamente ambicioso, con un gusto particular por las rubias, y su mujer, Corinne, una obsesa del gimnasio con adicción al botox. Con la infancia de Connor se podría hacer un estudio de familias desestructuradas, el sueño de cualquier psicólogo.

–Mi padre no es mucho mejor. Prefiere seguir enfadado por antiguos titulares que hacerme un simple elogio.

–Al menos tus padres fueron felices.

Kat asintió con la cabeza.

Habían sido estrictos, pero justos, incluso cuando ella se saltaba los límites fumando, bebiendo y escapándose para ir a fiestas. No eran particularmente cariñosos, pero cuando a su madre le diagnosticaron la enfermedad de la neurona motora, su padre se había convertido en un hombre airado, amargado, siempre juzgándola, siempre infeliz. Kat no hacía nada bien, decidió dejar la carrera para vivir la vida e ir de fiesta, que era su único momento en el que no pensaba en la enfermedad de su madre. Hasta que una noche, al llegar a casa al amanecer su padre estaba esperándola, furioso.

–¡Has tenido todo lo que podíamos darte y mírate! ¡Tu madre está muriéndose y tú tiras por la ventana tu educación para emborracharte cada fin de semana!

–Tal vez lo haga por eso –había replicado ella–. No dejo de pensar en ello cada segundo del día. ¡Necesito olvidarme de todo! ¡Si no, me volveré loca!

Su padre apretó los puños y, por un momento, Kat se preguntó si iba a pegarla. En lugar de eso, la hirió con sus palabras.

Un mes más tarde su madre murió y Kat se fue a Francia, donde Marco era entonces una estrella del fútbol. Y donde había descubierto que había algo más en el mundo que faldas cortas, fiestas y copas gratis.

Kat tragó saliva, intentando olvidar ese recuerdo. Era lógico que la prensa la odiase. Había sido la típica niña rica mimada.

–Pero has madurado desde entonces –dijo Marco–. Y tu padre sigue anclado en el pasado, recordando viejas discusiones.

–Ya.

–No tenemos que ser como nuestros padres con nuestro hijo.

«Nuestro hijo». Esas palabras fueron como un mazazo.

–Mira, Marco, seamos sinceros: tú has trabajado mucho para llegar donde estás, tienes una carrera estupenda y una vida maravillosa, sin compromisos. Tienes montones de novias. No voy a obligarte a cambiar de vida; y un hijo te la cambia. Además, los medios se volverían locos y eso afectaría a nuestras carreras.

–Si decides tener el bebé, yo haré lo que tenga que hacer.

–¿Lo que tengas que hacer? ¿Estamos en los años cincuenta? No tienes que casarte conmigo porque esté embarazada.

–¿Quién ha dicho nada de casarse? Estoy hablando de ayudarte, como amigo.

Kat frunció el ceño, inesperadamente decepcionada. ¿No era lo bastante buena como para casarse con ella?

Estaba a punto de decirlo, pero se mordió la

lengua. Marco estaba intentando manipularla descaradamente. No podía ponerlo en esa situación, no lo haría. Y casarse era lo último que deseaba.

—Mejor, porque se me dan fatal las relaciones. Lo he intentado varias veces, demasiadas, pero no es lo mío. Las relaciones son dolorosas y siempre acaban en desastre. No quiero arruinar nuestra amistad, Marco.

—No se te dan mal las relaciones —dijo él—. Tú no obligaste a James a engañarte. Tú no le diste a la prensa esas fotos, fue Ezio. Y en cuanto a Ben...

—Por favor, no me lo recuerdes.

Si había una relación para los anales de las relaciones desastrosas era la suya con Ben Freeman, el director de publicitad de Jackson&Blair, cuando tenía veintidós años. Ben había resultado ser un misógino, egoísta y canalla. Su segundo matrimonio, cinco años después, fue una boda rápida en Bali con un compañero de equipo de Marco... anulado setenta y dos horas más tarde, cuando encontró a James en la cama de la suite nupcial con una de las camareras del hotel. Y luego su compromiso con Ezio Cantonio un año antes. Ezio, que le había hecho fotografías en la ducha que «por accidente» habían llegado a las revistas de cotilleos.

Estaba harta del escrutinio público, de los cotilleos, de la inseguridad y la angustia. Era humillante.

¿Cómo iba a traer un niño a ese mundo?

Kat suspiró.

—¿No pensabas volver a Francia dentro de tres semanas?

–Era una opción.

–No era así como hablabas del asunto hace unos meses.

Marco dejó escapar un suspiro.

–Tengo el contrato de publicidad y la escuela de entrenadores. Y mi nuevo contrato en televisión se va a renegociar el mes que viene. Aún no he decidido lo que voy a hacer.

–No te atrevas a tomar una decisión contando con el bebé. No lo permitiré.

–¿No lo permitirás?

–No –repitió ella–. No estamos casados, ni siquiera somos una pareja, solo dos amigos que podrían tener un hijo juntos.

Marco se quedó callado un momento.

–Parece que ha empezado la tormenta –dijo luego, levantándose–. Deberíamos bajar al sótano.

–Muy bien.

Marco le ofreció su mano y ella la tomó automáticamente, la urgencia del asunto hizo que olvidasen la conversación. Pero el inocente calor de sus dedos creaba una sensación de intimidad.

Bajaron al sótano, una bodega en realidad, con una sala de estar que Marco había modificado pensando en las tormentas y los ciclones que azotaban la zona.

Las botellas de vino estaban colocadas a la izquierda de la habitación, y a la derecha había un sofá, un bar y un pequeño generador.

–No te preocupes, *chérie* –dijo Marco, al ver que se detenía en la puerta–. Aquí estaremos a salvo.

Pero ella no se sentía a salvo.

Kat intentó disimular el miedo haciendo café mientras Marco cerraba la pequeña ventana de ventilación y encendía las lámparas. Unos minutos después, sentados en el sofá, Marco sacó una baraja y se prepararon para aguantar la tormenta.

–¿Qué tal el trabajo con Grace? ¿Es insoportable?

–No, no está mal.

–Ya –murmuró él, escéptico, mientras daba las cartas.

–La verdad es que echo de menos mi trabajo en Londres.

–¿El que hacías entre Ben y James?

Kat hizo una mueca.

–Perdona, pero en mi vida hay cosas más importantes que los hombres.

–Lo siento, no quería decir eso. ¿Te refieres al trabajo que hiciste a los veinticinco años en Oxfam, cuando pasaste un par de años viviendo en Londres?

Kat asintió con la cabeza.

–Solo fue un año, pero ese trabajo me gustaba más que ningún otro. Tal vez debería…

–¿Deberías qué? –preguntó él cuando no terminó la frase.

–Debería hacer algo así.

–¿Por ejemplo?

–No sé, donar dinero a una organización no gubernamental o abrir mi propia fundación.

Kat esperó que él expresase sus dudas, que dijese lo que había dicho su padre cuando se lo comentó unos meses antes: que era absurdo dejar un buen trabajo por algo inseguro.

–Nunca lo habías mencionado.

–Dejé de pensar en ello después de contárselo a mi padre.

–A ver si lo adivino: te dijo que tú no sabías nada de fundaciones. ¿Por qué dejar un buen trabajo por algo incierto en momentos de crisis cuando perderías interés el primer año?

–Todo eso, sí.

Marco suspiró, echando una carta.

–¿Has hecho números? ¿Sabes cuánto costaría hacer algo así?

–No.

–Pues hazlos, Kat. Elabora un plan de negocios, habla con tus viejos compañeros, llama a tu contable… y a la porra tu padre. Lo digo en el mejor de los sentidos, claro –explicó Marco, con una sonrisa–. Tú eres una mujer inteligente y tienes experiencia. Sabes qué hacer para recaudar fondos y cómo manejarte con la prensa. Pase lo que pase con las pruebas y con el niño, puedes hacerlo.

Kat miró su mano, pensativa. Le gustaría hacerlo. Entre varios segmentos de cotilleos, las historias de interés humano en el programa de Grace eran las que más gustaban a los espectadores. Y el deseo de hacer algo, de ayudar, de llevar un poco de felicidad a gente que lo necesitaba, era importante para ella. Tanto que siempre acababa donando dinero a las causas que defendía el programa.

–Podrías darle a esos asuntos más cobertura mediática, dedicarles más tiempo –sugirió Marco.

Kat murmuró algo ininteligible mientras tiraba una carta, dando por terminada la discusión.

No dijeron nada más durante media hora. Siguieron jugando, fingiendo que todo estaba bien, aunque los crujidos de la casa y el sonido del viento hacían que mirasen hacia las ventanas de cuando en cuando. Por fin, Marco encendió la radio para escuchar el informe del tiempo y Kat dio un respingo cuando se fue la luz. Afortunadamente, gracias al generador la luz volvió unos segundos después.

–¿Qué estamos haciendo aquí? –murmuró Kat, sacudiendo la cabeza–. Hemos salido a mar abierto con una amenaza de ciclón… ha sido una estupidez muy peligrosa.

–No estábamos en el camino del ciclón –dijo él–. ¿Crees que pondría nuestras vidas en peligro? En serio, Kat, estamos a salvo.

Después de decir eso le puso una manta sobre los hombros y Kat casi esperó que le diese un beso en la frente. De hecho, le hubiera gustado. Solían besarse y abrazarse como amigos, pero jamás la había besado en los labios.

Hasta esa noche.

Siguieron jugando a las cartas durante veinte minutos, mientras la lluvia y el viento cobraban fuerza.

Media hora después, el ciclón golpeó la casa.

Olvidando la partida de cartas, los dos se quedaron en silencio, pegados a la radio. El viento aullaba, moviendo los árboles y sacudiendo las contraventanas cerradas. Desde el interior del refugio podían oír crujidos, golpes. La casa aguantaba, pero el viento y la lluvia eran constantes y los minutos parecían horas.

La radio daba información crucial: el ciclón estaba golpeando la costa de Cairns, pero dos horas después, por fin pasó de largo, dirigiéndose al sur, antes de morir en mar abierto.

Entonces empezaron a llegar detalles de la desolación que había dejado a su paso, contada por sus protagonistas:

–«Vamos a tener que empezar de nuevo. Lo hemos perdido todo».

–«Tenemos amigos, familia, somos una comunidad. Sobreviviremos».

–«No sé si podremos reconstruir la casa. No estaba asegurada».

–«Uno tiene que seguir adelante, ¿no?».

–«Por favor, ayúdennos. Nuestra casa… lo hemos perdido todo. Necesitamos ayuda».

Kat se emocionó al escuchar ese último testimonio y, sin sentir vergüenza alguna, dejó que las lágrimas rodasen por su rostro. Pero dio un respingo cuando Marco le puso una mano en la rodilla.

Su mirada, una mezcla de pena y comprensión, reflejaba todo lo que ella sentía por dentro.

–No llores –murmuró, secándole una lágrima con el pulgar–. Todo se arreglará.

—Pero esa gente…

—Reconstruirán sus casas. Afortunadamente, no ha habido víctimas mortales y nosotros estamos a salvo.

—La verdad es que he tenido miedo.

—Lo sé –Marco tomó su cara entre las manos poniendo su calida boca primero en su mejilla, luego en la otra. Años antes, ese saludo típicamente francés le había divertido. Pero en aquel momento, con sus labios tan cerca de los suyos, el corazón le dio un vuelco.

«Calma, Kat. Si dejas de ser la misma de siempre, Marco se dará cuenta de que pasa algo».

¿Pero de verdad podía seguir siendo la misma? ¿Podía besarlo, abrazarlo y no dejarse afectar por ello?

Miró su boca, esa boca tan sensual que, en un hombre tan hermoso, parecía una conspiración diabólica.

Sí, «hermoso» era el calificativo que mejor encajaba con Marco Corelli. Parecía un tipo fanfarrón, seguro de sí mismo, que siempre conseguía lo que quería, fuese una entrevista, una mesa en el mejor restaurante o una mujer, pero Kat lo conocía mejor que nadie y sabía que esa persona pública solo era una parte de él. También era generoso, leal, apasionado con las cosas y las personas a las que quería…

Con la garganta seca, Kat lo miró a los ojos.

Y se quedó sin aliento.

Capítulo Tres

Kat no sabía cómo había pasado, porque fue instantáneo. Lo único que sabía era que un segundo antes estaba mirando a Marco con el corazón acelerado y, de repente, estaban besándose.

Le echó los brazos al cuello como si fuera lo más normal del mundo y él la apretó contra su pecho, casi como invitándola a echarse allí. Y eso hizo.

Durante el largo, increíble beso, sintió sus manos por todas partes, tirando de su ropa, deslizándose por su piel, acariciándola hasta que estuvo ardiendo y el corazón le latía como loco. Luego se apartó un poco, levantándole la falda hasta la cintura mientras ella le tiraba de la camisa para sacarla del pantalón.

–Deja… –Marco apartó su mano para tirar del pantalón con urgencia mientras sus bocas se encontraban de nuevo. Le metió una rodilla entre las piernas, abriéndolas bruscamente, y empujó sus caderas hacia delante para entrar en ella.

Kat no podía pensar, no podía respirar. Las sensaciones eran crudas, primitivas, mientras la llenaba completamente. No era tierno o lento, no le ofrecía románticas palabras de amor. La tomaba, la hacía suya.

Y cuando se le pasó la impresión, también ella lo hizo suyo, dándole la bienvenida, empujando las caderas contra él, sin aliento, mordiéndole el cuello casi de forma salvaje.

Marco masculló una palabrota mientras aumentaba el ritmo, aplastándola contra los cojines del sofá. Y ella no dejaba de moverse. El deseo se apoderó de ella, alejando la realidad hasta que solo existían ellos dos, sus jadeos mezclándose en el silencio y, en el aire, el familiar aroma a sexo y deseo.

Sin aliento, levantó las caderas una y otra vez, deseando lograr la liberación. Y cuando llegó al orgasmo sintió que se rompía por dentro. Unos segundos después se dio cuenta de que Marco seguía sujetándole las caderas mientras se dejaba ir, cayendo sobre ella. Su gemido de satisfacción la hizo temblar. Kat enredó una pierna en su cintura y empujó hacia arriba para tomarlo todo de él con un gemido que le salió del fondo del alma.

Era… no podía expresarlo en palabras. No quería volver a la realidad inmediatamente. Quería quedarse así un momento más para poder disfrutar de él, del presente.

El ciclón seguía golpeando la casa, y Marco la soltó sin decir nada. Y lenta, muy lentamente, sintió que se apartaba de ella.

Habían vuelto a hacerlo. Después de todo lo que se había dicho a sí misma, de todas las advertencias.

Kat abrió la boca para decir algo, pero volvió a

cerrarla. Se sentó en el sofá, bajándose la falda a toda prisa, y empezó a abrocharse botones en el embarazoso silencio, sin mirar a Marco, que hacía lo mismo.

Pero cuando terminaron de vestirse y no había nada que los distrajera, Kat por fin levantó la mirada.

–Marco… –empezó a decir, con la boca seca.

–¿Sí?

–Yo… nosotros –Kat hizo una pausa–. ¿Quieres mirarme de una vez?

Cuando la miró, tuvo que contener un gemido. Estaba tan serio, su expresión era tan solemne que sintió la tentación de pasarle un dedo por los labios para provocarle una sonrisa.

Esos bonitos labios que había besado unos minutos antes.

–¿Se puede saber qué estamos haciendo?

Suspirando, Marco se pasó una mano por el pelo.

–Bueno, la primera vez habíamos bebido bastante.

–Y esta vez –Kat señaló la ventana– ha sido la tormenta. Pero no me refiero a eso. Yo nunca había pensado en ti… en fin, de ese modo. No entiendo qué nos pasa.

–Ya –murmuró él.

No podía mirarlo a los ojos y eso la avergonzaba aún más. La verdad era que había pensado en él de ese modo más de una vez, pero no se permitía esa debilidad durante más de unos segundos. Marco nunca la había visto más que como amiga, de modo que no tenía sentido. Y, hasta ese momento, ella se había conformado con ser su amiga.

¿Qué había cambiado? ¿Y por qué?

Estaba cansada de darle vueltas. No sabía qué hacían o qué estaba pasando... y ni siquiera podía culpar al alcohol. Anhelaba besarlo, tenerlo dentro de ella, sentir que la hacía suya de la forma más primitiva.

Marco hacía que se olvidase de todo, al menos durante unos minutos, pero no podía ser. Tenía cosas más importantes en las que pensar. Cosas que podían cambiar su vida.

Como habían dicho en la radio, durante las últimas horas mucha gente lo había perdido todo: sus casas, sus efectos personales, sus recuerdos, cosas que eran importantes y que no podrían recuperar nunca, borradas por la madre naturaleza en unas horas. Era un milagro que no hubiese muerto nadie. También ellos estaban vivos. Tarde o temprano volverían a la ciudad, recibiría el resultado de las pruebas y tendría que tomar una decisión.

Pensó entonces que Grace querría que cubriese los resultados del ciclón. Querría que buscase una historia de especial interés que animase a la gente a donar dinero. Lo habían hecho después de las inundaciones en Queensland, después de los incendios que habían asolado parte del país y después del reciente terremoto en Nueva Zelanda. Sin embargo, solo podía pensar en el resultado de las pruebas.

Un hijo. Su hijo, de los dos. Era increíble.

Marco seguía mirándola fijamente. El pelo castaño despeinado, el cuello enrojecido por el roce de su incipiente barba, los botones de la blusa mal abrochados con las prisas por recuperar la compostura.

–Supongo que estamos liberando una tensión sexual latente que ha aumentado debido al ciclón.

Sorprendida, Kat se volvió para mirarlo.

–Sí, claro.

Marco siguió mirando sus largas piernas, su estrecha cintura, la casi inexistente curva de su estómago.

Y, de repente, experimentó una abrumadora emoción; una mezcla de deseo y fiera protección hacia ella y el bebé que crecía en su interior.

Solo un puñado de gente conocía a la auténtica Kat, la encantadora y divertida mujer que haría cualquier cosa por un amigo, la que se había rebelado contra unos padres exageradamente protectores, la que había pasado por un infierno con la enfermedad de su madre, los titulares de las revistas de cotilleos y un montón de imbéciles que no la merecían.

Era inteligente, apasionada y obstinada. Demasiado obstinada. Una vez que tomaba una decisión era imposible hacer que cambiase de opinión.

Como la de no hacerse las pruebas. Durante años había intentando convencerla para que se las hiciera... y por fin lo había hecho.

Aunque evitaba mirarlo, sabía que estaba pendiente de él. La tensión en sus hombros, en el rictus de su boca, la delataban.

Marco encendió la radio y, por fin, Kat se sentó al otro lado del sofá para escuchar en silencio las noticias.

–¿Te sientes… raro? –le preguntó unos minutos después.

–¿Por el ciclón?

–No, por nosotros.

–No. ¿Y tú?

–Sí… no. No lo sé.

–Muy bien.

Ella suspiró, apoyando los codos en la mesa.

–Esto es… –murmuró, sacudiendo la cabeza–. No deberíamos haberlo hecho.

–Un poco tarde, *chérie*. Aunque esperaba que dijeras eso.

–¿Ah, sí?

–Tienes tendencia a salir corriendo cuando las cosas se complican.

–¡Eso no es verdad!

Marco enarcó una burlona ceja.

–Sí, es verdad.

–Ben era un egoísta que me dejó cuando le dije que no quería tener hijos.

–No estoy hablando de él, aunque sigo pensando que deberías haberme dejado que le diese un puñetazo.

–¿Y que te denunciase por agresión? No, de eso nada.

–De todas formas, hablaba metafóricamente.

–James se acostó con otra mujer en nuestra suite. Ezio me hizo fotos en la ducha y las vendió a una revista –Kat se apartó el pelo de la cara–. No creo que hubiese nada que arreglar. Salí corriendo porque eso era lo que debía hacer.

–¿Y nosotros, Kat? ¿Acostarte con un amigo es algo que no se puede arreglar?

–El sexo siempre lo estropea todo.

Parecía muy convencida, pero al ver que apartaba la mirada, en un extraño gesto de timidez, Marco sintió el deseo de besarla.

–Bueno, ¿y qué vamos a hacer? –le preguntó, intentando disimular.

Kat se encogió de hombros.

–Los medios…

–A la porra los medios. ¿Que quieres hacer tú?

–Marco… –su nombre sonaba como una súplica mientras se frotaba las sienes con los dedos–. Estoy cansada. Sé que te gusta desmenuzar las cosas hasta el infinito, pero ¿podemos dejarlo por el momento?

Al ver que se le cerraban los ojos, Marco se sintió culpable.

–Deberías dormir un rato.

Por una vez, Kat no discutió.

–Y tú también.

–Yo sigo con el horario europeo, no estoy tan cansado. Venga –la animó él, colocando los cojines–. Duerme.

Kat se tumbó en el sofá y Marco la cubrió con la manta.

—Gracias.

—De nada.

Él se sentó en un sillón y cerró los ojos hasta que la oyó respirar suavemente. Se había quedado dormida.

Sonriendo, miró sus largas pestañas, que hacían sombra sobre la curva de sus pómulos, el suave cabello, el largo y esbelto cuerpo que ocupaba todo el sofá. Llevaban años siendo amigos, desde que aquel embarazoso momento en noveno lo había cambiado todo.

A los catorce años había sido un chulito inconsciente, insoportable y bocazas. Había hecho un estúpido comentario para quedar bien delante de sus amigos y Kat había replicado empujándolo con tal fuerza que lo tiró al suelo. Aquel fue el principio de su adoración por ella. Eso y su inocente sonrisa, su sentido del humor y la fiera lealtad que había cimentado su relación.

A partir del encuentro en el despacho del director del instituto habían sido un cuarteto inseparable. Luke, Connor, Kat y él… hasta que a los dieciséis años le ofrecieron la increíble oportunidad de jugar al fútbol en la liga francesa. Entonces sus vidas se habían separado, él con su carrera en el fútbol, ella con la enfermedad de su madre y sus problemas con la prensa.

Siempre habían seguido en contacto, pero fue una sorpresa verla en la puerta de su casa tres años más tarde, tras la muerte de su madre. Kat se había alojado en su casa de Marsella unos días, después viajaron durante unos meses y luego ella vivió entre Europa y Australia seis años. Era como si estuviese buscando su sitio en el mundo y hasta que fue a Londres pensó que tal vez no sería capaz de encontrarlo. Pero tres años antes había consiguió el trabajo en el programa de Grace y desde entonces era feliz.

Al menos, él creía que era feliz. Los dos habían tenido problemas en sus relaciones y ella había sido su hombro sobre el que llorar los años en los que el nombre de su padre había sido arrastrado por la prensa, antes de ser exonerado de todo cargo en el juicio por lavado de dinero negro.

Kat era la persona a la que acudía entre novia y novia o cuando necesitaba una acompañante para algún evento. Era su apoyo, su mejor amiga, su confidente.

Y desde diez semanas antes, su amante.

Iba a tener un hijo suyo. Su hijo, de los dos.

Marco experimentó una docena de emociones diferentes al imaginarla embarazada de su hijo... guapa, sonriente, feliz.

Pero Kat Kat estaba en silencio. Ellos nunca habían tenido ningún problema para hablar de todo, desde los ex a la familia, las ilusiones, los sueños, las decepciones, todo.

Bueno, de casi todo. Tenían prohibido hablar sobre sus relaciones. A él le habría gustado saltarse esa prohibición mil veces, pero por ella se mordía la lengua y permanecía en frustrado silencio.

Kat podía proyectar una imagen altiva y segura

ante el mundo, pero para sus mejores amigos solo era Kat Jackson, una chica llena de dudas, frustraciones y sueños que temía no hacer nunca realidad. Tenía un perverso sentido del humor, leía novelas de crímenes, era fanática de *La guerra de las galaxias*, pero también le gustaba *Star Trek* y tenía una enorme colección de comics y música de los ochenta. Odiaba los pepinillos en la hamburguesa, le encantaban los pingüinos y los bolsos, era divertida, preciosa, impaciente, discutidora e increíblemente inteligente.

Y, sin embargo, la prensa siempre la había tratado como si fuese una niña mimada que solo estaba interesada en ir de fiesta. Claro que no ayudaba nada que a los diecisiete años hubiera ido de escándalo en escándalo. O las fotos en las que salía borracha de alguna discoteca. Todos los paparazzi deseaban publicar una foto de la hija de Keith Jackson en las revistas de cotilleos.

Cuando dejó de portarse como una cría irresponsable, empezó a trabajar como reportera de sociedad, un trabajo que le había durado hasta la muerte de su madre.

Él vivía entonces en Marsella, donde se convirtió en el jugador estrella de la liga francesa, con un contrato millonario y tratado como si fuera una estrella del rock, algo ridículo, porque apenas era un crío. Se convirtió en una celebridad que se codeaba con los ricos y famosos y salía con supermodelos mientras su mejor amiga tenía que lidiar con eventos que cambiarían su vida.

Marco apretó los dientes. Kat había aparecido en su casa cuando el Marsella ganó la liga y se había echado a llorar en sus brazos, desesperada. Después de eso habían viajado por toda Europa durante tres meses, recuperando su amistad y la vieja camaradería de antes.

Esos meses habían sido fundamentales para él. Había dejado de beber y tomado decisiones responsables, invirtiendo su dinero sensatamente en lugar de gastárselo en carísimas botellas de champán, fiestas y coches de lujo.

Y también habían representado un cambio en su relación. Los dos tenían treinta y tres años y nunca dejaban pasar dos días sin una llamada o un mensaje de texto. Hablaban de todo, daba igual lo privado o embarazoso que fuera. Bueno, de todo salvo de sus relaciones.

Aún no podía creer que se hubiera hecho las pruebas. Recordaba una acalorada discusión, una semana antes de la muerte de su madre, que estuvo a punto de romper su amistad.

–¿Cómo puedes no querer saberlo? –le había preguntado él.

–¡Porque no quiero! ¡No quiero una sentencia de muerte colgando sobre mi cabeza, quiero vivir mi vida!

Y no era la única que pensaba de ese modo. Había investigado un poco y había descubierto que mucha gente prefería no saber si eran portadores de tan terrible enfermedad. Y, sin embargo, se le encogía el corazón cada vez que pensaba que ella, su Kat, pudiera sufrir lo que había sufrido su madre.

Marco dejó escapar un largo suspiro mientras sacaba una botella de agua mineral y se la tomaba de un trago.

Kat nunca temía hablar de nada. Siempre decía la verdad, por dolorosa que fuera, y él hacía lo mismo, pero el sexo estaba cambiando la relación. Se mostraba incómoda y avergonzada, se guardaba cosas para sí misma... y no le gustaba esa nueva Kat.

Marco intentó ponerse cómodo en el sillón y, poco después, el ulular del viento hizo que se quedara dormido.

Capítulo Cuatro

Marco fue el primero en despertar y, unos segundos después, Kat bostezó perezosamente, frotándose la mejilla, donde el cojín había dejado una marca. Tenía un aspecto tan adorable que, por un segundo, el imposible deseo de verla así cada día lo dejó sin aliento.

–¿Qué hora es?

–Las siete –respondió él, tomando el móvil para comprobar si tenía señal. No la había.

–Seguimos sin cobertura –murmuró, mientras encendía la radio.

Poco después recibieron noticias del resultado del ciclón Rory: los puertos estaban cerrados y no había actividad en el aeropuerto, aparte de los vuelos de emergencia.

Marco se levantó, estirándose y moviendo la rodilla a un lado y a otro.

–¿Estás bien?

–Más o menos.

–¿Te sigue doliendo?

–Solo si estoy sentado mucho rato.

–Debe ser raro tener clavos en la rodilla.

Marco sonrió.

–Uno se acostumbra. Podría haber sido peor.

Kat asintió con la cabeza. La lesión había terminado con su carrera estelar como jugador de fútbol, pero había tenido suerte; podría haberlo dejado con muletas. Aún lo amargaba a veces, pero un mes más tarde se había abierto ante él un mundo de oportunidades.

–El mar estará lleno de desechos. Habrá que limpiarlo antes de poder zarpar.

–Y tendremos que quedarnos aquí hasta entonces.

–¿Te parece mal?

–Sé que muchas mujeres darían un brazo y una pierna por quedarse atrapadas en una isla contigo.

Marco suspiró.

–¿Por qué haces eso?

–¿A qué te refieres?

–Siempre mencionas a otras mujeres.

–¿Ah, sí?

Parecía tan sinceramente cortada que su irritación desapareció.

–Olvídalo. Deberíamos ir a ver si el barco sigue a flote.

–Solo era una broma –dijo Kat entonces.

–Lo sé.

Pero cuando le ofreció la mano, su breve vacilación antes de tomarla lo decía todo. Algo se había roto entre ellos.

Fuera olía a tierra mojada, pero no había una sola nube en el cielo y los rayos del sol se colaban entre los árboles. Las palmeras seguían en pie, pero muchas habían perdido todas las hojas, tiradas en el suelo. Mientras miraba alrededor, asombrado, vio que algunos pájaros volvían a sus nidos.

Marco esperó hasta que estuvieron en el carrito de golf para decir:

–Tú sabes que sería diferente con tu propio hijo, ¿verdad?

Kat lo miró, pero él seguía concentrado en la carretera para evitar las ramas de los árboles.

–¿Tú crees?

–Estoy seguro. *Je vous le...*

–Como digas csa estúpida frase, te pego un empujón.

–Sigue sin gustarte, ¿eh?

–*Je voy le garantis.* ¿Puedes garantizarlo? Por favor, nadie puede garantizar nada.

–La prensa parece creerlo. Todo el mundo espera ansioso mis predicciones para los partidos.

–Un poquito fanfarrón, ¿no te parece? Además, te has equivocado alguna vez.

–Tres veces en dos años –Marco sonrió y vio que ella hacía lo mismo–. Ah, por fin sonríes.

–No era una sonrisa.

–Sí lo era. Detesto verte seria y enfadada, *chérie.*

Kat siguió mirando hacia delante.

–No dejes de mirar la carretera. Hay escombros por todas partes.

Por fin llegaron al muelle, con los árboles pelados, el agua cubierta de ramas y escombros de todo tipo. Afortunadamente, el barco seguía amarrado, las olas empujándolo contra el embarcadero.

Marco lo inspeccionó y, diez minutos después, satisfecho, decidió que podían volver a la casa.

Una vez allí, salieron al jardín para inspeccionar los daños. La piscina estaba cubierta de ramas, hojas y restos y a Kat el estómago empezó a protestarle violentamente.

–Necesito comer algo –murmuró.

–Sí, claro. ¿Qué te apetece? –le preguntó Marco mientras iban a la cocina–. Puedo hacerte lo que quieras.

–Puedo hacerlo yo solita.

–¿En serio? ¿Has tomado clases de cocina desde la última vez que nos vimos?

–No te pases.

–No has tomado clases de cocina, de modo que cocinaré yo. Tú haz el café.

–Muy bien –Kat sacó del armario el molinillo y un paquete de café.

Todo le parecía irreal. Estaba haciendo cosas que había hecho cientos de veces, pero parecía una realidad distinta a la de siempre. Un ciclón había golpeado la costa con resultados devastadores, su profunda amistad con Marco había cambiado después de una noche, y un hijo podría cambiar sus vidas para siempre.

Kat miró el molinillo mientras echaba los granos de café. Aún no podía tomar esa decisión, ni siquiera cuando tuviese el resultado de las pruebas.

Poco después se sentaron a la mesa para ver las noticias en televisión. Las escenas eran tan desoladoras que a Kat se le encogía el corazón. Miró a Marco y luego apartó la mirada, concentrándose en su plato hasta que el silencio empezó a resultar insoportable.

–Me han dicho que la federación de fútbol australiana va a darte un premio el mes que viene.

–Sí –asintió él.

–¿Piensas llevar a alguien?

–A ti, si quieres.

–Sí, claro –respondió ella de manera automática.

La federación de fútbol australiana celebraba una entrega de premios anual en el mejor hotel de Sídney. Irónicamente, en una nación donde el deporte era parte fundamental de la vida, el fútbol apenas se mencionaba en las noticias, y eso incluía la entrega de premios.

Sería en junio. Faltaban tres semanas. Y tres semanas significaba...

–¿Vas a quedarte en Australia hasta entonces?

Marco asintió con la cabeza

–Tengo que organizar el seminario de entrenadores y rodar un anuncio. Y una aparición en televisión cuando empiece la temporada.

Kat sonrió.

–No paras, ¿eh? Ya sabía yo que esa lesión en la rodilla no cambiaría nada.

–Siempre tienes razón, ¿verdad?

–Siempre.

Mientras terminaban de comer, Kat preguntó:

–¿Alguna noticia, algo nuevo en tu vida?

Marco tardó en responder:

–Ruby aparecerá en la portada del próximo *Playboy*.

–Ah.

–Es mi exmujer, no debería importarme lo que hiciera.

–No, claro.

–Llevamos cuatro años separados, dos divorciados.

–Sí.

–Llámame anticuado, pero no me parece bien que mi exmujer aparezca enseñándolo todo en una revista. Esas cosas son privadas.

–Estoy de acuerdo.

Marco tomó el tenedor y siguió jugando con la comida en silencio durante unos segundos.

–Ni siquiera me pidió opinión. Debería haberme advertido.

Ella asintió con la cabeza. Sabía que eso le afectaba más de lo que quería dar a entender. No era por su reputación o por la atención de los medios, era algo más personal. Marco era un hombre honorable que respetaba a las mujeres y valoraba las buenas maneras. A pesar de tener multitud de novias era conocido en la liga francesa como un caballero.

–¿Sabes una cosa? Deberíamos casarnos.

Kat, que iba a llevarse el tenedor a la boca, se quedó inmóvil.

–Perdona, ¿has dicho que deberíamos casarnos?

–Sí.

Ella lo miró, boquiabierta.

–¿Por qué?

–¿Por qué no?

«Porque deberías estar loco de amor antes de pedirle a alguien que se case contigo».

–Porque no tenemos que hacerlo.

–¿Entonces no te preocupa que los paparazzi hablen de tu embarazo?

–Pues claro que sí, pero no puedo vivir encerrada en una burbuja. Además, ¿qué tiene eso que ver con el matrimonio?

–Sería una manera de controlar los daños.

–¿Perdona?

Marco suspiró.

–No has tenido ningún síntoma en veinte años, así que pensemos que el resultado de la prueba será negativo hasta que se demuestre lo contrario, ¿de acuerdo?

–Muy bien, de acuerdo.

–Y, te guste o no, el matrimonio sigue siendo una opción respetable. Al fin y al cabo, estás esperando un hijo mío. Cuando el asunto del ciclón se haya solucionado, la prensa empezará a buscar otra historia y esta les encantará. Te perseguirán a ti y a tu familia y cuando descubran que yo soy el padre, me perseguirán a mí –Marco levantó una mano cuando Kat iba a interrumpirlo–. Las revistas recordarán todas nuestras relaciones y encontrarán alguna forma de involucrar a tu padre o al mío. Habrá repercusiones para todos porque en mi contrato hay un código de conducta. Grace seguramente exigirá una exclusiva y dirán que estuvimos juntos durante el ciclón…

–Marco…

–Y ahora piensa en la alternativa –siguió él–. Si nos casamos en una ceremonia privada, discreta, sin prensa, los medios cubrirán la historia durante una semana. Tendremos que contárselo a Grace, claro, pero se olvidarán de nosotros en pocos días.

Kat dejó el tenedor sobre el plato.

–No es tan sencillo.

–Sé que la noticia atraerá mucha atención, pero pasaremos menos tiempo en las portadas.

–¿En serio te casarías conmigo?

Marco se encogió de hombros.

–¿Por qué no?

Sería la mujer de Marco Corelli. Por un segundo, el corazón se le detuvo; una respuesta alarmante que la asustó de verdad.

Pero no, era imposible. Marco quería casarse con ella, pero por las razones equivocadas. Por sentido del deber, por responsabilidad, para evitar publicidad. No por amor. Era Marco. Marco no la amaba, la quería como amiga, pero eso no era amor.

Además, ella no quería que estuviese enamorado. En absoluto.

–Tú sabes que sería lo más sensato –siguió él, mordiendo una tostada.

Esa palabra otra vez: «sensato». Inteligente, lógico. Todo lo que había querido tras la traición de Ezio. Todo lo que Marco le ofrecía.

–No quiero casarme –dijo por fin.

–¿Nunca o solo conmigo?

–Ya lo he hecho dos veces.

–Lo sé, *chérie.* Yo estaba ahí para recoger los pedazos.

Se le encogió el corazón al recordarlo. Sí, era cierto. Marco había estado allí tras la muerte de su madre y después de sus divorcios, soportando la persecución de los paparazzi. Era su ancla, la persona en la que podía confiar, más que si fuera de su familia. Lo había dejado todo para consolarla, para animarla. Y estaba ofreciéndole ayuda de nuevo, aceptando su responsabilidad por esa noche insensata.

–No puedo casarme contigo, Marco. Sería muy egoísta por mi parte.

–¿Por qué? Lo he sugerido yo, no tú. Y no tengo intención de casarme con nadie más.

–Ah, eso me hace sentir muy especial.

Marco soltó una carcajada.

–Eres mi mejor amiga.

–¿Y Grace?

–Hemos roto, ya te lo he dicho. Todo lo demás está en su cabeza.

Kat cruzó los brazos sobre el pecho, echándose hacia atrás en la silla.

–Esa no sería una solución. No quiero forzarte a nada que puedas lamentar más adelante… no, déjame terminar. Sé que te encanta tu libertad, poder hacer la maleta e ir donde quieras cuando quieras, pero yo necesitaré a alguien que esté ahí constantemente. Un padre que aparece y desaparece no sirve de nada, yo lo sé de primera mano. Un niño no puede ser un nombre en tu agenda, alguien a quien ves cuando tienes algo de tiempo libre.

Marco la miró en silencio largo rato.

—Eso es ridículo —dijo por fin.

—¿Qué es ridículo?

—Todo lo que has dicho. No me digas lo que siento. Sí, me encanta mi trabajo, pero solo es un trabajo.

—Lo dirás de broma. El fútbol es tu vida. Es parte de lo que eres, te morirías si no pudieras dedicarte a ello de una forma o de otra.

—Lo dices como si tuviera que elegir, pero no es así.

Kat suspiró.

—Y estamos otra vez como al principio. Tú tienes que viajar por todo el mundo y estarás alejado del bebé durante meses.

Y alejado de ella.

—¿Y por qué no puedes ir conmigo?

—En caso de que lo hayas olvidado, tengo un trabajo —le recordó Kat.

Era una conversación absurda. Todo eran especulaciones, sueños. No podía tomar una decisión basada en eso cuando podría no haber futuro para ese bebé.

De repente, el miedo la dejó sin aliento y tuvo que levantarse.

—No puedo pensar, necesito aire fresco —sin esperar respuesta, Kat se dio la vuelta para ir a su habitación y buscó la ropa que había dejado en su última visita: una falda vaquera y una camisa de lino. Se cambió a toda prisa y cuando salió de la habitación, diez minutos después, Marco no estaba por ningún lado.

Un respiro para preguntas sin respuesta, un respiro para no pensar y para controlar esos sentimientos irritantes cada vez que lo veía sonreír o pasarse una mano por el pelo o…

Respirar sencillamente.

Después de sacar del bolso las gafas de sol y el periódico del día anterior, Kat salió al patio. Marco no estaba allí, afortunadamente.

El suelo de baldosas le calentaba los pies y la brisa de la mañana le refrescaba los brazos desnudos, haciendo que se le pusiera el vello de punta.

Con el sol brillando en un cielo sin nubes, Kat miró las hojas, troncos y restos que flotaban en la piscina y, decidida, fue al cobertizo para sacar una escoba y una red para piscinas.

Era bueno tener algo que hacer y se dedicó a limpiar con singular concentración. El sol brillaba, haciéndola sudar mientras limpiaba las baldosas y empezaba a sacar ramas de la piscina. Una hora después le dolían los hombros y tenía la frente cubierta de sudor, pero por fin se dejó caer en una tumbona para leer el periódico.

Lo intentó, pero no podía concentrarse. De nuevo empezó a recordar lo que había querido olvidar en esa hora y, suspirando, cerró el periódico.

–Aparte del resultado de las pruebas, ¿quieres

tener ese hijo? –se preguntó a sí misma en voz alta, como si así le diese la importancia que tenía–. No lo sé. Tal vez. Kat, ¿estás pensando otra vez en lo que pensarán los demás?

Sí, así era. Su padre se pondría lívido cuando descubriese que estaba embarazada, la prensa lo pasaría en grande y Grace… bueno, no sabía lo que haría su jefa.

Por otro lado, Connor y Luke le ofrecerían su apoyo y se alegrarían por ella. Su opinión era más importante para ella que todas las demás juntas.

–Olvídate de los resultados por un momento y piensa: ¿tener un hijo te haría feliz?

Suspirando, Kat recordó el extraño pensamiento que había tenido unas semanas antes, cuando se permitió a sí misma soñar con un marido y una familia.

Había suprimido esos deseos durante tanto tiempo porque en el fondo no quería que todos se compadecieran de ella. No quería proyectar la imagen de «me da igual» mientras por dentro se moría de ganas de tener una familia.

Había investigado las neuronas motoras cuando le diagnosticaron la enfermedad a su madre; esa debilitante enfermedad que atacaba a los músculos, pero dejaba la mente clara. Las estadísticas, las posibilidades de supervivencia, el porcentaje de mortalidad… se le rompía el corazón con cada detalle que descubría, y tras unas semanas de agonía había apagado el ordenador, prometiéndose a sí misma no hacerse nunca la prueba.

Por fuera, proyectaba la imagen de una mujer capaz, moderna, que no quería hablar de familias y niños. Por supuesto, la enfermedad de su madre no era un secreto para nadie, pero se negaba a dejar que los demás sintieran compasión por ella. Para el resto del mundo había tomado la decisión de no tener hijos.

Pero de repente...

Un niño, una familia.

—Cosas aterradoras —murmuró.

Lo era, aterrador. Abrirse, ser vulnerable. Lo había hecho demasiadas veces en sus relaciones y cada día era más difícil soportarlo cuando terminaban. Casi siempre mal.

Le había abierto su corazón a Ben, su primer marido, contándole por qué no quería tener hijos, y él le había pedido el divorcio por un mensaje de texto al día siguiente.

«Espera un momento, estamos hablando de Marco».

Marco nunca le haría daño. Él la entendía como nadie. Era el compañero perfecto.

Kat se incorporó abruptamente, alarmada. No. Para nada. Marco era su amigo, no su futuro ex. Debía pensar en el niño, no convirtiendo en romántica una simple atracción física.

—Ya —murmuró, apartándose el pelo de la cara—. El niño, piensa en el niño.

Muy bien. ¿Desde cuándo había empezado a pensar en él como un niño de verdad?

—¿Entonces vas a tenerlo?

Dejó que la pregunta quedase colgada en el aire de la mañana, el viento moviendo las hojas de los árboles tiradas por el suelo, mientras se llevaba una mano al vientre, cerrando los ojos.

Un niño. Una mezcla de Marco y ella. Un niño precioso con el pelo rizado, los ojos castaños de Marco o tal vez los suyos, azules en contraste con una masa de pelo negro. Un niño divertido, aventurero y encantador, una combinación de los dos, pero único, no una copia de nadie.

Se emocionó de tal modo que un sollozo se le escapó de la garganta.

Quería a aquel niño. Lo quería de verdad.

Todos esos años sin querer pensar en ser madre y sin embargo…

Fue como una revelación.

Marco tenía razón, las cosas serían diferentes con su propio hijo. Sí, la idea de ser madre era aterradora, ajena a ella.

Ella nunca se había permitido el lujo de pensar en una familia. Era Katerina Jackson, que se dedicaba a lidiar con paparazzi, la *crème* de la *crème* de la sociedad, celebridades y exmaridos o exnovios idiotas. Tenía dos divorcios a sus espaldas, pero eso la había hecho más fuerte y era afortunada porque tenía dinero, amigos, apoyo. Y si el resultado de las pruebas era negativo, ese obstáculo habría desaparecido.

–Voy a ser madre –murmuró, pasándose una mano por el vientre–. Es increíble.

Tenía que contárselo a Marco.

Capítulo Cinco

Kat se levantó de la tumbona y atravesó el patio para volver a la casa.

—¿Marco?

Al no obtener respuesta inclinó a un lado la cabeza, aguzando el oído.

Podía escuchar música en alguna parte. Un violín exactamente.

Marco tenía una colección de rock duro y música europea, pero nunca había profesado un gran amor por la música clásica.

Siguió la música por el pasillo hasta una puerta cerrada, que daba a la piscina interior, y se detuvo, poniendo una mano en el picaporte.

Las persianas estaban echadas, la puerta cerrada...

Pero tenía que hablar con él.

Antes de que pudiera convencerse de lo contrario, Kat empujó la puerta y entró en la habitación.

Como le había pasado otras veces, se quedó sin aliento. Los arcos blancos, el suelo de mosaicos griegos que llevaban a la piscina, el bar en el centro. Y a la derecha una alcoba íntima que siempre le había provocado pensamientos eróticos.

Pensamientos que, de repente, se convirtieron

en realidad al ver a Marco tirado en una tumbona, sin camisa, escuchando la música.

Kat tuvo que tragar saliva.

Estaba frente a ella, con los ojos cerrados, su expresión concentrada mientras movía una mano en el aire al ritmo de la música, una pieza muy hermosa y sentimental.

Lo miró de arriba abajo, desde los rizos oscuros a la nariz noble y el mentón definido, los hombros anchos, el fuerte torso, el abdomen marcado, la estrecha cintura. Cuando llegó a sus firmes muslos bajo los pantalones estaba un poco más que excitada. ¿Quién hubiera imaginado que con solo mirarlo se encendería de tal modo?

Era como si las entrañas le ardiesen y, con la música como erótica banda sonora, parecía a punto de derretirse.

No podía dejar de mirarlo. Era como si la música lo hubiera poseído… y nunca se había sentido tan excitada en toda su vida.

Pero la melodía terminó abruptamente y cuando Marco abrió los ojos la encontró mirándolo como una tonta. No había manera de disimular.

Los ojos oscuros estaban clavados en ella, su expresión indescifrable. Lentamente, se apartó el pelo de la cara con una mano y a Kat se le quedó la boca seca.

Marco era su mejor amigo. La sacaba de quicio, la hacía reír, la hacía gritar. Era su ancla, su hombro sobre el que llorar, su acompañante cuando se necesitaban el uno al otro, su asesora, su compañera de copas, su confidente. Por supuesto que lo quería, como quería a Connor y a Luke.

Pero en aquel momento, mirándose a los ojos, experimentó una emoción nueva. Lo único que podía pensar era cuánto lo deseaba.

Era tan hermoso. Un ejemplo perfecto de pasión y belleza, con sus rizos de Botticelli y su clásico perfil europeo que hacía suspirar a las mujeres incluso antes de abrir la boca para hablar con ese acento francés irresistible.

—¿Desde cuándo te gusta la música clásica? —logró preguntar, cuando pudo encontrar la voz.

Marco se levantó, despacio.

—Desde el año pasado.

—¿Y no me habías dicho nada?

Marco se encogió de hombros.

—No se me ocurrió.

—¿Qué pieza era esa?

—*Idilio sobre la paz,* de Jean-Baptiste Lully.

—No he oído hablar de él.

—Siglo XVII. Bailarín y músico francés, inventó la música barroca.

—Ah, bueno, nadie importante entonces —bromeó Kat.

—Fue el compositor de cámara de Luis XIV, un genio que sabía cómo conseguir lo que quería. El mejor amigo de Moliére y un personaje fascinante, pero desgraciadamente no se sabe mucho de él, al contrario que de Mozart y Beethoven.

—Una pena.

—Hay un par de libros sobre su vida y una película francesa, pero nada más –Marco apagó el estéreo–. Deberías ver la película, te gustaría. Especialmente los trajes. No respetaron la época, pero son fantásticos.

–¿La tienes?

–Sí.

–Tendrías que traducirme lo que dicen.

–Podría hacerlo –Marco se llevó las manos a las caderas y Kat tuvo que mirar esa piel desnuda, los abdominales, el tentador vello oscuro que desaparecía bajo la cinturilla del pantalón…

El corazón le empezó a galopar cuando por fin se miraron a los ojos. Los de él se oscurecieron de una forma que ya le resultaba familiar cuando le miró el escote de la camisa.

–Kat…

Su nombre sonaba diferente cuando él lo pronunciaba con esa traza de acento francés. Diferente y sexy. Marco debió de leer sus pensamientos porque le hizo un gesto con un dedo, llamándola, y Kat se dirigió hacia él sin decir nada.

Con los pies descalzos, los fríos baldosines le aliviaban algo el calor que sentía en el vientre. Cuando por fin llegó a su lado, expulsó el aire que había estado conteniendo.

Exuberante, esa sería una perfecta descripción de Marco Corelli. Exuberante y romántico, especialmente con esos rizos y esos labios perfectos.

Kat contuvo el aliento mientras él le enredaba un mechón de pelo con el dedo, tirando suavemente de él para colocárselo detrás de la oreja.

Luego se inclinó hacia delante, poco a poco, hasta que su boca estaba a un milímetro de la de ella y podía sentir el calor de su aliento.

–Kat... –murmuró, mirando su boca.

Sin darse cuenta, ella se inclinó hacia delante, todas las células de su cuerpo temblando de anticipación.

–¿Sí?

–Bésame.

Era una orden que Kat obedeció encantada, dejando escapar un suave gemido mientras se inclinaba hacia delante.

Su boca era cálida y sabía ligeramente a menta. Mientras disfrutaba de sus labios, Marco la tomó por los hombros para tirar de ella y Kat le echó los brazos al cuello.

Sus alientos se mezclaban, sus corazones latían a mil por hora, su piel parecía a punto de arder por combustión espontánea. Todo ocurrió en un instante, como si su cuerpo hubiera esperado ese momento para despertar a la vida.

Algo se encogió dentro de ella cuando la apretó entre sus fuertes brazos. Se quedaron así durante lo que le pareció una eternidad, besándose, el silencio haciéndose eco de sus suspiros y, por fin, cuando estaba totalmente excitada y frustrada, Marco empezó a empujarla suavemente hacia la cama.

Y Kat se agarró a su cintura mientras él seguía dejándola sin aliento. Le mordió el labio inferior, tirando suavemente mientras le deslizaba las dos manos por el trasero, apretándola urgentemente contra su entrepierna.

Kat dejó escapar un gemido al sentir la dura erección, experimentando un deseo urgente de estar desnuda, de tenerlo encima, de tenerlo dentro.

–Marco… –murmuró cuando sus piernas rozaron la cama.

–¿Sí? –musitó él, besándole la barbilla, el cuello.

–Quítate el pantalón.

Él obedeció sin dudar, bajando la cremallera y tirando del pantalón hacia abajo. Pronto la camisa desapareció también y Kat, por fin, estaba apretada contra él, recibiendo sus besos, el calor de sus labios en los hombros, en esa zona tan sensible entre el cuello y la clavícula…

Sintió que le quitaba el sujetador y la empujaba suavemente sobre la cama para acariciarle los pechos y arqueó la espalda para recibir sus caricias. El roce del pulgar sobre uno de sus pezones, que luego metió en su boca para chuparlo, hizo que sintiera un escalofrío increíble.

No podía controlarse con Marco. De repente, se había convertido en un caos en su ordenado mundo y estaba experimentando un millar de emociones a la vez, y no quería que parase.

Excitada como nunca, tiró de sus calzoncillos y empezó a acariciarlo con una mano. Su exclamación de sorpresa aumentó el deseo de darle placer.

–Kat… ¿quieres? ¿Crees que debemos…?

Ella le tomó la cara entre las manos.

–Sí –susurró, besándolo–. Te necesito –dijo luego, tirándole del labio inferior.

Marco cerró los ojos mientras le abría las piernas con una rodilla para acariciarla con sus largos y expertos dedos, haciéndola temblar, haciendo que moviese las caderas contra su mano, pidiendo más.

Él deslizó un dedo en su interior, luego otro y otro hasta dejarla reducida a una masa de deseo.

–¡Marco! –gritó.

No podía creer lo desesperada que estaba, cuánto lo necesitaba. En aquel momento solo existía su boca, sus dedos... y, de repente, su erecto miembro cuando la penetró con una salvaje embestida.

Kat movió las caderas hacia delante, abriendo los ojos para mirar su rostro, su hermoso rostro, tan cerca del de ella.

¿Cómo iba a aguantar esas sensaciones, aquel glorioso calor, la fricción, el placer de tenerlo dentro? Cuando Marco la embistió de nuevo disfrutó del momento de la manera más primitiva posible.

–Marco...

–¿Sí?

En lugar de responder, Kat le tomó la mano y la deslizó hacia donde estaban íntimamente unidos.

–Ahí, tócame ahí.

Él hizo lo que le pedía, moviendo los dedos sobre el capullo escondido entre los rizos.

–Oh, sí... –Kat se mordió los labios, perdiéndose en las sensaciones que le provocaban esos dedos mientras seguía moviéndose dentro de ella.

Siguieron así durante unos minutos, moviéndose al unísono, Marco explorándola íntimamente con los dedos una y otra vez, hasta que pensó que iba a explotar.

Y entonces la sorprendió tumbándola boca abajo, pasándole una mano por las caderas mientras la ponía a cuatro patas. Antes de que el cerebro de Kat pudiese registrar el cambio de planes, Marco empezó a acariciarle el trasero mientras la penetraba por detrás.

Ella dejó escapar un gemido de placer, agarrándose al colchón y levantando un poco más las caderas para acomodarlo.

—¿Estás bien? —le preguntó él, con voz ronca.

¿Que si estaba bien? No, estaba a punto de morir de placer.

—Sí… sí.

—¿Seguro? —insistió Marco, acariciándole la espalda y las caderas.

—Dejaré de estarlo si paras.

Él rio, una risa burlona y perversa al mismo tiempo. Kat empujó hacia arriba y sonrió, satisfecha, al notar que contenía el aliento antes de volver a empujar, con más fuerza que antes, mordiéndole los hombros, acariciándole los pechos con las dos manos...

Era como estar en el paraíso. Tenerlo dentro, llenándola completamente, el vello de su torso acariciando su espalda, esa fricción íntima y salvaje. Un gemido de placer escapó de su garganta mientras se apoyaba en los codos, incapaz de aguantar más. Cuando los espasmos le sacudieron todo el cuerpo suspiró, saciada.

–Marco… –repetía su nombre como un mantra hasta que él, por fin, se dejó ir y la habitación se llenó de ecos de sus gritos de placer.

–¡Dios!

–Ha sido… eres… –empezó a decir Kat.

–Bésame –la interrumpió él.

Y Kat lo hizo, un beso dulce, tierno y apasionado a la vez.

–Lo siento, peso demasiado –se disculpó Marco unos segundos después–. Especialmente ahora…

No terminó la frase, pero no hacía falta.

Habían vuelto a la realidad.

Kat suspiró mientras lo veía moverse por la oscura habitación para tomar los calzoncillos del suelo. Era increíble, pero seguía excitada y tuvo que hacer un esfuerzo para apartar la mirada de esos duros muslos, la fuerte espalda y el perfecto trasero.

–Marco, tenemos que hablar.

Por fin, él se dio la vuelta.

No sabía qué esperaba ver, tal vez un brillo burlón en sus ojos. Pero no había nada de eso, solo una mirada serena, indescifrable.

–Sí, creo que deberíamos hacerlo.

Kat se envolvió en la sábana antes de seguir:

–No quiero tomar decisiones importantes antes de recibir el resultado de las pruebas, pero tengo algo muy claro: si el resultado es negativo, quiero tener este hijo.

–Muy bien.

–Pero no quiero que mi hijo tenga un padre a tiempo parcial. O estás en ello del todo o no estás en absoluto.

Marco frunció el ceño.

–¿Por qué crees que no querría saber nada de él?

–No quiero que tomes ninguna decisión pensando en lo que yo quiero. Si quieres irte a Francia...

–No puedes soltar algo así y luego decir que no debo pensar en lo que tú quieres.

–Pero es lo que debes hacer. Te estoy dando permiso para que sigas con tu vida.

–No digas bobadas –replicó él–. Primero dices que o estoy en ello o no, luego que debo hacer lo que quiera. Deja que te haga una pregunta: conociéndome como me conoces, ¿crees que le daría la espalda a mi hijo?

–No estoy diciendo eso.

–Eso es lo que estás diciendo, Kat. Muchas gracias, por cierto.

Ella parpadeó, sorprendida. ¿Lo había ofendido?

–No quiero que te sientas atrapado.

Marco exhaló un largo suspiro.

–¿Desde cuándo nos conocemos?

Kat lo pensó un momento.

–Nos conocimos hace diecinueve años.

–Y en todo ese tiempo, ¿me has visto hacer algo que no quisiera hacer alguna vez?

–No.

–Pues eso –Marco se puso el pantalón y se subió la cremallera.

–Pero…

–¿Quieres parar de una vez? Si vas a compararme con el resto de tus novios o maridos, me voy a la ducha.

–Genial, ve a ducharte.

–Entonces ¿ya está? ¿Has dicho todo lo que tenías que decir?

–Eso parece –Kat se sentó al borde de la cama con toda la dignidad que le era posible.

Aquello no era lo que ella quería, pero no sabía cómo arreglarlo.

Marco estaba en la cocina, sacando cubiertos y platos con rabia antes de salir al patio.

Kat estaba tan decidida a tomar sus propias decisiones sin contar con nadie que no quería tomar en consideración una opinión diferente a menos que ella la hubiera pensado antes.

Sus largas ausencias a veces eran inconvenientes y a veces sentía que estaba perdiendo a sus amigos, pero cuando su lesión en la rodilla lo obligó a retirarse y la cadena de televisión le ofreció la posibilidad de ser comentarista, aprovechó la oportunidad. Y a partir de ahí se abrieron otras posibilidades. No lamentaba nada de lo que había hecho, pero en aquel momento se sentía frustrado.

Echaba de menos a sus amigos, poder quedar con ellos para cenar o tomar una cerveza en cualquier momento… pero con Luke y Connor en Brisbane y Kat y él en Cairns, resultaba imposible.

Marco encendió la barbacoa y puso dos filetes en la parrilla. Si estuvieran los cuatro juntos, el asunto se habría resuelto en menos de una hora. Lo habrían hablado, habrían desmenuzado los pros y los contras antes de tomar una decisión, como hacían siempre.

En lugar de eso, le había hecho a Kat una ridícula petición de matrimonio y ella se había sentido ofendida.

Unos minutos después, un movimiento en la casa llamó su atención. Kat estaba en el salón, mirando el televisor.

Iba descalza, despeinada, con un pantalón corto y una vieja camiseta gris que le llegaba hasta los muslos. Esos magníficos muslos.

Nunca en toda su vida había temido tanto el resultado de una prueba, pero podría cambiar sus vidas para siempre. Y en ese momento entendió por qué Kat había elegido no saber. Había que ser muy fuerte para luchar, pero también para vivir tu vida preguntándote, temiendo.

Kat era más fuerte de lo que creía.

Angustiado, volvió a mirar los filetes en la barbacoa. ¿Cómo iba a convencerla? ¿Y tenía derecho a insistir? Si ella no quería saber nada del matrimonio...

—¿Necesitas ayuda?

—Necesitamos algo de beber.

—Muy bien.

Mientras volvía a la cocina, Marco no pudo dejar de mirar esas largas piernas...

Enfadado, echó los filetes en la bandeja y volvió al interior de la casa.

–¿Qué perfume llevas? –le preguntó.

–No es perfume, es una mezcla de hierbas que guardo en el cajón de… la ropa interior.

Marco sonrió y ella hizo una mueca. Casi podía leer sus pensamientos: «genial, ponte a hablar de tus bragas».

–¿Quieres más?

–¿Eh?

Marco señaló el plato.

–¿Tienes suficiente o quieres más?

Kat tragó saliva.

–Tengo suficiente, gracias.

Cuando la vio sentarse a la mesa sin decir nada Marco dejó de sonreír. ¿Qué demonios pasaba? ¿No iba a sonreír nunca más?

Estaba nerviosa, eso era evidente. ¿Pero por qué? Le había tomado el pelo mil veces y sobre cosas más personales.

Sí, pero ese era Marco su mejor amigo, no Marco su amante. Le gustase o no, las cosas habían cambiado y Kat se sentía incómoda con él.

Y no sabía cómo solucionarlo.

–Kat –empezó a decir, en voz baja.

–¿Sí? –murmuró ella, sin dejar de mirar el plato.

–Esto también es raro para mí.

–¿Qué específicamente?

–Tú y yo.

Ella parpadeó.

–No hay un tú y yo.

¿No lo había? La pregunta quedó colgada en el aire hasta que se dio cuenta de que tenía el ceño fruncido.

—Entonces, solo somos compañeros de cama ocasionales.

—No creo que sea buena idea –replicó Kat.

Marco recordó sus gemidos de placer mientras los dos llegaban al clímax…

—¿Por qué no?

—Eres mi mejor amigo y no quiero arruinar nuestra amistad.

—No vamos a arruinarla. Solo es… diferente.

—Diferente –repitió ella.

—Pues claro. Nos hemos acostado juntos, vamos a tener un hijo. Es normal que las cosas hayan cambiado un poco.

—Yo no quiero que cambien.

—Lo has dejado perfectamente claro, pero negarlo es una estupidez.

Kat levantó la cabeza.

—¿Me estás llamando estúpida?

—No, claro que no –Marco exhaló un largo suspiro–. Pero desear que las cosas no hayan pasado es una pérdida de tiempo y tú lo sabes.

—Todo estaba bien como estaba –insistió ella, volviendo a mirar su plato.

Esa respuesta fue como un golpe. No lo quería como marido. No debería tomárselo como algo personal. ¿Pero cómo no iba a hacerlo cuando se habían acostado juntos tres veces y cada vez le decía que prefería que fuesen amigos?

Marco sabía lo que estaba haciendo: intentaba apartarlo. Lo había hecho con todo el mundo cuando su madre se puso enferma y estaba haciéndolo de nuevo, pero en esta ocasión tenía que lidiar, además, con el estrés de esperar el resultado de las pruebas.

Si eso era lo que quería, tendría que aceptarlo… por el momento. Se guardaría sus pensamientos, la apoyaría y estaría a su lado como su mejor amigo y nada más. Pero tarde o temprano se irían de la isla. Volverían a la realidad y las cosas tendrían que cambiar, porque no pensaba quedarse a un lado, por decidida que Kat estuviese a empujarlo.

Capítulo Seis

A la mañana siguiente Kat estaba en la cama, mirando el techo mientras el sol empezaba a colarse por las rendijas de las persianas.

Habían pasado la noche en un incómodo silencio. Ni siquiera el ruido constante de la televisión había ayudado y, por fin, le dio las buenas noches y se fue a la cama, donde se quedó durante horas mirando la ventana y escuchando los sonidos de las criaturas nocturnas.

¿Marco su amante? Ridículo.

Pero cada vez que la besaba perdía la cabeza, olvidaba quién era y se dejaba llevar por el momento. Era una locura.

Una locura tan excitante.

Maldita fuera, no podía dejar de recordarlo en los momentos más inoportunos. Cómo la besaba, como si no se cansase, cómo la tocaba, sus dedos haciéndola temblar de anticipación. Y cómo la tomaba, duro y posesivo.

«Sí, y tú le das la charla sobre ser amigos».

Que él había aceptado sin discutir.

Le había dicho que era el padre de su hijo, nada más.

La cuestión era si quería que fuese algo más.

¿Quería empezar algo que acabaría en desastre? O peor, ¿hacerle creer que iba a ser padre cuando no sabía lo que iban a revelar las pruebas?

«No puedes hacerlo».

Suspirando, se dio la vuelta para abrazar la almohada. Se trataba de Marco Corelli, el hombre que la conocía mejor que nadie. Pero aquella era una situación completamente nueva.

Y luego estaba el asunto de Grace.

Todo era tan complicado y, además, tenía que pensar en Grace. Había pensado no decirle nada, pero la experiencia le decía que era mejor sincerarse. Además, ella respetaba a su jefa y merecía saberlo.

«Lo siento, Grace. El hombre con el que querías tener un hijo, pues lo siento, pero lo va a tener conmigo».

Kat hizo una mueca.

«Grace, sé que tenías planes para Marco, pero tendrás que olvidarte».

Uf, horrible.

«Grace, tengo que contarte algo…».

Kat puso los ojos en blanco. Sonaba mucho mejor en su cabeza. De hecho, muchas cosas sonaban mejor en su cabeza. En realidad, no debería decir nada hasta que hubiera recibido el resultado de las pruebas.

—Estoy deseando irme de esta maldita isla —murmuró.

Cuando entró en el salón una hora después, los platos para el desayuno ya estaban en la mesa.

Marco llevaba una camisa blanca y un pantalón vaquero y estaba mirando la televisión.

–¿Cómo va el asunto? –preguntó, tomando un cuenco de cereales.

–Dicen que los repetidores de telefonía estarán colocados en unas horas –respondió él, levantándose para encender el tostador.

–Estupendo.

–¿Deseando escapar, *chérie*?

–Estoy deseando saber el resultado de las pruebas –respondió ella.

–Ah, lo siento.

–Marco…

–¿Sí?

–Nada –respondió ella, buscando una cuchara–. Deberíamos ver esa película de la que me hablaste. Después de desayunar.

Él la miró con una expresión indescifrable.

–Sí, claro.

Como el día anterior, comieron en silencio.

«Sigue pasando», pensó Kat. Odiaba esa incomodidad. Era como si estuvieran esperando que el otro señalase el elefante en la habitación.

Resultaba insoportable cuando su relación había sido siempre tan despreocupada, tan abierta.

Cuando Marco se levantó, Kat levantó la mirada del plato sin poder evitarlo. Tenía una manera de caminar especial, tan grácil que le había granjeado numerosas fans cuando jugaba en el Marsella.

Bueno, seguía teniéndolas, aunque ya no jugaba al fútbol.

Suspirando, Kat se levantó. Tres veces habían terminado en la cama y cada vez seguía quedándose asombrada, pero decirlo en voz alta, reconocer que le gustaría tenerlo como amante... no, eso le daba pánico. Sería una irresponsable si empezase algo para interrumpirlo después si el resultado de las pruebas era positivo. Porque no quería que Marco tuviera que pasar por una mínima parte de lo que había pasado ella con su madre, viendo cómo una persona tan querida iba apagándose poco a poco.

Cuando chocaron al dejar los platos sobre la encimera, Kat dio un respingo.

–Perdona –se disculpó.

Su rostro estaba a unos centímetros, la distancia de un beso, pensó tontamente.

–Tu pelo –murmuró él–. Me hace cosquillas.

–Perdona –repitió Kat, inclinándose para abrir el lavaplatos.

Pero se quedó sorprendida cuando le rozó el pecho sin querer con el brazo y notó que contenía el aliento.

–Deberías ponerte un jersey.

–¿Eh?

Kat señaló sus brazos desnudos, donde era evidente la piel de gallina.

–Si tienes frío deberías ponerte un jersey.

Marco le lanzó una mirada indescifrable que la confundió y la excitó al mismo tiempo.

¿Cómo podía haber mirado alguna vez esa cara, esos ojos oscuros, sin sentir que el pulso se le aceleraba? Pero así había sido. Lo había abrazado y besado con impunidad, segura en su zona de amiga platónica, pero en aquel momento… en aquel momento lo único que quería era tocarlo, besarlo.

Acostarse con él otra vez.

–Vamos a ver esa película –murmuró, sin mirarlo.

Desde el primer minuto, desde la primera nota de música clásica, se quedó enganchada. Por supuesto, la película era en francés, y Marco tuvo que hacer de traductor.

La dejaba sin aliento cada vez que se inclinaba hacia ella para hablar con ese acento irresistible. El calor de su cuerpo y el aroma de su colonia masculina se unían para excitarla aún más. Era frustrante, y tuvo que apartar la mirada durante una escena amorosa para no besarlo.

–Necesito beber algo –dijo, levantándose–. ¿Quieres agua?

Marco la tiró del brazo.

–Espera hasta la siguiente escena. Es estupenda.

–Solo tardaré un segundo.

Marco pulsó el botón de pausa.

–¡Siempre haces lo mismo!

–Solo tardaré unos segundos –insistió Kat–. Suéltame.

–Louis está a punto de enfrentarse con su madre, el agua puede esperar.

–Pero…

–Calla de una vez. Estoy intentando ver una película –Marco tiró de ella y la sentó sobre sus rodillas.

Cuando le pasó un brazo por la cintura, Kat sintió un escalofrío. El calor de su cuerpo, los duros muslos. Intentó concentrarse en la película, pero era imposible. El cuerpo de Marco emitía tal calor.

No podía apartar los ojos de la pantalla y tampoco podía apagar sus sentidos porque Marco estaba por todas partes: sus manos, su olor masculino y limpio. Y esa voz, tan íntima y ronca que sus entrañas parecían temblar cada vez que abría la boca.

Marco estaba acariciándole el pelo y cuando se movió ligeramente sintió algo duro bajo su trasero... y tuvo que apretar los puños para no acariciarlo.

La oyó suspirar, sus sentidos alerta ante la repentina tensión de la espalda, los suaves mechones de color chocolate entre sus dedos. El repentino deseo de enterrar la cara en su pelo lo dejó helado.

–¿Marco?

–¿Sí?

–Deberías parar.

–No creo que pueda hacerlo.

Kat giró la cabeza y Marco contuvo un gemido al ver sus enormes ojos azules. No podía evitarlo, necesitaba besarla.

Y lo hizo.

Kat tuvo tiempo de protestar o apartarse, pero no hizo ninguna de las dos cosas. Lo vio acercarse hasta que sus labios se rozaron, de manera tentativa al principio, luego con más urgencia.

El suspiro le dijo todo lo que necesitaba saber.

Estuvieron largo rato besándose, explorándose con los labios y la lengua en silencio hasta que Marco se apartó, mascullando una palabrota.

–¿Qué demonios es esto, Kat?

Ella lo miraba con los ojos muy abiertos.

–No tengo ni idea, pero… ¿podríamos no hablar de ello?

–Mira…

–Por favor, Marco. Con todo lo que está pasando, no analicemos esto también.

Él le pasó una mano por la clavícula en un gesto posesivo.

–Tendremos que hacerlo tarde o temprano.

–Lo sé, pero no ahora mismo, ¿de acuerdo?

Durante un segundo vio que se ponía tensa, como preparándose para un rechazo. Y eso lo mataba. ¿Cómo iba a rechazarla?

Dejando escapar un gemido ronco le tomó la cara entre las manos y capturó sus labios en un beso profundo, ardiente. El beso duró lo que parecieron horas, la música clásica y el diálogo francés de la película como fondo inflamando aún más sus sentidos, urgiéndolo a tocar, a poseer.

Pero se apartó abruptamente.

–Deberíamos…

Kat tragó saliva.

–¿Parar?

–¿Me lo estás preguntando o me lo estás pidiendo?

Ella asintió con la cabeza.

–Creo que deberíamos parar.

Marco se apartó para ir a la cocina, en silencio. Debería detenerlo, pensó ella. O al menos decir algo.

Pero mientras sacaba una botella de agua de la nevera, el silencio era pesado, triste.

Marco tuvo que disimular un suspiro de tristeza. No había malinterpretado esa mirada, una mezcla de deseo y miedo. La había visto a menudo en otras mujeres.

Pero era Kat, su Kat.

No, no era suya.

Enfadado, se quedó en la cocina mientras ella permanecía en el sofá hasta que el sonido del teléfono rompió el silencio.

–¿Has oído eso?

–¿Qué?

–Mi teléfono. He recibido un mensaje, de modo que ya funciona.

–Eso significa que han reparado el repetidor.

Marco se sentía absurdamente decepcionado. Era ridículo, porque no podían quedarse allí para siempre. Tenían que volver a sus vidas, a la realidad. Y eso significaba trabajo, el resultado de las pruebas, cobertura de prensa.

Tendrían que contar que se habían quedado en la isla durante el ciclón. Y Grace definitivamente querría un reportaje.

Y luego estaba el resultado de las pruebas de Kat, algo que le daba pánico.

La vio mirando el móvil con el ceño fruncido. Kat sabría lidiar con la prensa, pero Grace era exigente y retadora. Había que estar hecho de una madera especial para trabajar con ella, y sabía que la presionaba cada semana para que le diese una exclusiva. Por el momento Kat había aguantado, pero no sabía si Grace seguiría tolerando una negativa.

Experimentando el repentino deseo de escapar, de llevarse a Kat a algún sitio donde pudieran relajarse, ser anónimos, ignorar la realidad del mundo exterior, Marco apretó con fuerza el teléfono. ¿Tal vez Japón?, ¿el Himalaya?, ¿Alaska? Sí, Alaska estaría bien.

O podrían quedarse allí.

La suave exclamación de Kat interrumpió sus pensamientos.

−¿Qué?

−Ha llamado el doctor Hardy, ya tienen el resultado de las pruebas.

De repente, Kat se dio la vuelta para salir al patio.

Lo estaba dejando fuera de su vida.

Angustiado, Marco se ocupó en hacer café, negándose a pensar en ello. Como siempre, se lo contaría cuando quisiera hacerlo y, como siempre, él estaría ahí, fuera cual fuera el resultado.

Pero el pánico que había creído poder controlar en los últimos días hacía que se sintiera impotente.

No podía perder a su Kat, a la mujer de la que, acababa de darse cuenta, estaba completamente enamorado.

«¿Qué? Un momento».

Antes de que pudiese ordenar sus pensamientos, Kat volvió a entrar, pálida y seria.

–¿Qué ocurre?

–Se supone que no deben decir nada por teléfono, pero el doctor Hardy y mi madre eran amigos y yo no sabía cuándo podría volver a Cairns.

–¿Qué te ha dicho?

–Van a hacer otra prueba para comprobar el resultado una vez más –empezó a decir ella– pero…

–¿Qué?

–Las pruebas preliminares son positivas.

«Dios santo».

Por un segundo, el mundo dejó de girar

No. No podía ser.

Al ver que los ojos de Kat se llenaban de lágrimas su corazón se rompió en mil pedazos.

«No, no, no, no, no».

Ya había dado un paso adelante cuando de la garganta de Kat escapó un sollozo. Marco la tomó entre sus brazos y la aplastó contra su pecho, sintiéndose impotente. No podía ayudarla, no podía evitar que llorase, no podía hacer nada más que abrazarla, murmurando palabras de consuelo mientras ella lloraba y su corazón se rompía una vez más.

Intentó llevar oxígeno a sus pulmones mientras ella temblaba entre sus brazos. Era tan fuerte, se había esforzado tanto por serlo que lo mataba verla así.

Tras la muerte de su madre, Kat nunca había

querido pensar en la posibilidad de ser portadora de la enfermedad. Estaba decidida a vivir su vida sin esa sentencia de muerte pendiendo sobre su cabeza y, de repente...

Marco tuvo que hacer un esfuerzo para contener las lágrimas. Era tan injusto, tan terrible.

–Te harás otra prueba –murmuró– y luego otra, las que hagan falta. Podrían haber cometido un error, ocurre a menudo.

Cuando por fin Kat levantó la cabeza con expresión rota Marco no pudo evitarlo.

Se inclinó para apoderarse de sus labios.

Y ella le devolvió el beso, gimiendo, con las mejillas mojadas por las lágrimas, agarrándose a su camisa como si fuera un salvavidas.

Y, de repente, estaban tumbados en el sofá, con ella encima, sus bocas unidas en un beso apasionado y húmedo.

No podía pensar, no podía hablar. La emoción del momento le había secuestrado el sentido común. Con manos frenéticas, consiguió quitarle el pantalón y la camisa, arrancando algunos botones sin darse cuenta. Sin que le importase.

Era el deseo elevado a su máxima potencia; un deseo que no dejaba espacio a las palabras de amor. Era la unión física de dos personas con una desesperada necesidad de conectar.

Le bajó las bragas de un tirón y, con los labios aún unidos en aquel beso desesperado, la levantó un poco antes de empalarla con su erecta masculinidad.

Kat gimió sobre su boca, sintiendo los latidos de su erección dentro de ella. Siguieron apretados el uno contra el otro durante unos segundos, íntimamente unidos, pero sin moverse mientras compartían aliento.

Era increíble, asombroso.

Marco le pasó el pulgar por la mejilla para apartar las lágrimas antes de besarle los párpados.

–Kat…

–Por favor, no hables.

Le silenció con un beso y empezó a moverse, haciéndose cargo del momento. El corazón le latía de manera salvaje, tanto que sentía como si hiciera eco en la habitación. Y el golpeteo de carne contra carne, los jadeos…

Kat se apartó un poco para respirar.

–Marco…

–¿Sí? –sus ojos se encontraron y el deseo crudo que había en los de ella lo dejó helado.

–Tócame.

Él hizo lo que le pedía, con los ojos cerrados, como si quisiera memorizar la suave piel de su estómago, su cintura, sus costillas, sus pechos, rozando con los pulgares los sensibles pezones mientras Kat se apretaba contra su mano.

Los dos estaban a punto de explotar y, de repente, el calor del encuentro escaló hasta un punto sin retorno.

Marco empujó con más fuerza, jadeando, con los ojos cerrados, deseando darle todo el placer posible. Poco después la oyó gritar y se dejó ir con un escalofrío de placer que lo recorrió de arriba abajo.

Kat cayó sobre su torso mientras él murmuraba su nombre una y otra vez.

–No te muevas, quédate ahí.

–No pienso ir a ningún sitio, *chérie* –musitó él, acariciándole el pelo.

La amaba. ¿Cuándo había ocurrido? ¿Y cómo? Buscó en su memoria el momento exacto… ¿había ocurrido diez semanas antes, esa primera noche?

En realidad daba igual. La quería como su mejor amigo y la amaba como amante, como una mujer inteligente, preciosa e increíblemente vulnerable. Amaba a esa chica de catorce años con el pelo perfecto y los ojos brillantes que se había defendido de sus bromas de mal gusto, amaba a la chica vulnerable de diecisiete años que lo había necesitado desesperadamente, la que había llorado sobre su hombro, la que lo había buscado en los momentos de dolor. La mujer que había cometido errores en el amor y en la vida y seguía levantándose una y otra vez, la que le sacaba la lengua a sus críticos…

La mujer que acababa de recibir la peor de las noticias.

No quería dejar que la realidad interrumpiese aquel momento, pero era imposible, porque ella ya estaba apartándose.

–No –murmuró.

Demasiado tarde.

Kat se apartó, en silencio, haciendo un esfuerzo

para mostrarse serena. Estaba intentando disimular para que no viese lo que sufría.

Cuando se dio la vuelta, Marco tuvo que morderse la lengua.

«No te atrevas a perder los nervios ahora que ella ha conseguido controlarse».

—Deberíamos averiguar cuándo podemos volver a casa —dijo por fin.

—Sí, claro.

—Kat… —Marco tiró de ella, que cayó en sus brazos sin protestar. La abrazaba sin pasión y sin subterfugios, consolando a su mejor amiga.

—No saquemos conclusiones precipitadas. Tienes que volver a hacerte las pruebas y debemos esperar hasta entonces para tomar una decisión.

Kat asintió con la cabeza mientras se apartaba y Marco la dejó ir.

—Tengo que hacer unas llamadas.

Capítulo Siete

Mientras Marco confirmaba que el puerto de Cairns estaría abierto en unas horas, Kat llamó para pedir cita con el genetista el día siguiente, además de hacer llamadas a amigos y familiares para decirles que estaban bien.

Por lo que sabían, Cairns era una zona devastada. Partes de la ciudad estaban sin luz, agua o teléfono, y con el clima tropical era importante que todo se solucionara lo antes posible.

Retiraron las cintas de los cristales y limpiaron escombros para dejarlo todo más o menos ordenado porque, por el momento, los servicios de limpieza tendrían prioridad en Cairns.

Estaba bien mantenerse ocupados, concentrarse en apartar ramas, barrer hojas, moverse. Kat había pensado que no tendría tiempo para pensar en pruebas, en niños, en Grace o en la situación con Marco, pero mientras trabajaban el cerebro no dejaba de darle vueltas.

«No puedes tenerlo».

Esa era la razón por la que nunca había querido tener hijos. Se le encogía el corazón al pensar en lo que había sufrido su madre, en lo que ella había sufrido viendo cómo se iba marchitando poco a poco. Era un dolor insoportable y haría lo que fuera para evitar que volviese a ocurrir. Una cosa era saber que ella podría tener la enfermedad, pero pensar que pudiera heredarla su hijo… no, eso nunca.

Romper su amistad con él le dolería en el alma, pero eso era preferible a una vida de angustia, a saber que podría haberlo evitado, pero no había hecho nada. No, ella no haría que un niño o Marco pasaran por algo así.

Kat apretó los dientes mientras movía la escoba.

Grace querría un buen reportaje, de modo que tendría que ponerse a trabajar. Además, su jefa organizaría un maratón para recaudar fondos y ella se encargaría de la logística, como siempre. Estaría tan ocupada que no tendría un momento para sí misma y menos para pensar en… eso.

Estuvieron una hora trabajando sin parar pero, por fin, con los brazos doloridos por el esfuerzo, habían conseguido limpiar el perímetro de la casa.

Marco tomó un trago de agua.

–Deberíamos ir al muelle.

Kat asintió con la cabeza.

–Sí.

–Seguramente llegaremos a Cairns a las tres.

–Muy bien.

–Kat…

El brillo de sus ojos hizo que se le encogiera el corazón.

–Marco, no…

–Pero tengo que decirlo.

–No –lo interrumpió ella–. No digas nada. No quiero pensar en nada hasta que me haya hecho esas pruebas y tenga los resultados en la mano. Hasta que lo sepa con seguridad. Prométeme que no hablaremos de ello hasta entonces.

Él tardó unos segundos en responder, unos segundos que le parecieron horas.

–Muy bien, de acuerdo.

Kat dejó escapar el aliento que había estado conteniendo.

–Gracias –murmuró, intentando sonreír–. No sé tú, pero yo necesito una ducha antes de volver a la civilización.

Cómo conseguía mantener la sonrisa era algo que Marco nunca sabría. Pero eso demostraba su fuerza, su voluntad. Mientras subían al barco, estaba pálida, pero decidida a contener las náuseas.

Cuando se acercaban al puerto de Cairns empezaron a ver los resultados del ciclón. Las noticias en la radio no los habían preparado para la devastación que encontraron a su paso. Las majestuosas palmeras estaban dobladas, muchos barcos habían volcado en el puerto y había escombros por todas partes: cocinas, televisores, la bicicleta de un niño colgando de la rama de un árbol, partes de tejados, muebles y sueños rotos.

Mirasen donde mirasen, el ciclón había transformado la costa en algo irreconocible.

Hicieron el viaje hasta Cairns en silencio, comprobando los daños en la carretera.

Marco tragó saliva al ver los coches de policía, bomberos y servicios de rescate. Pero era preferible pensar en eso que pensar en el resultado de las pruebas.

No sabían nada, no tendrían seguridad hasta que se las hubiera hecho de nuevo. Entonces lidiarían con el resultado.

Cuando le sonó el móvil a Kat fue un respiro, pero ella cortó la comunicación después de una breve conversación.

—Grace me necesita.

—Muy bien. Te dejaré en el estudio.

Una vez allí, Kat bajó del coche y se volvió para mirarlo.

—Gracias. Te llamaré.

—¿Vas a hablar con Grace?

—Tengo que hacerlo, es lo más honesto.

—¿Seguro que no quieres que vaya contigo? —le preguntó Marco por tercera vez, estudiando su rostro.

—No hace falta. Grace me confió sus sentimientos por ti y debo ser yo quien se lo cuente. Y cuanto antes lo sepa, mejor.

Cuando entró en el estudio, seguía pensando en la isla, no en la situación de Grace. Era como si durante el tiempo que habían pasado allí hubieran estado dentro de una burbuja, pero tenía que enfrentarse con la realidad.

—Di lo primero que se te ocurra —había sido el consejo de Marco en el barco. Y tenía razón. Algunos de sus mejores artículos para *The Tribune* habían sido espontáneos, sin meditar. Si ensayaba demasiado parecería un guion, y no quería que sonase como algo forzado.

Con el corazón acelerado, buscó a Grace por todo el estudio y, por fin, la encontró en la cafetería, con uno de los productores del programa.

Era el momento.

Kat respiró profundamente y se dirigió hacia ellos con una sonrisa en los labios.

–¡Kat, cuánto me alegro de verte! ¿Dónde has estado?

–Pues…

–En la isla con Marco, ¿verdad? ¿El ciclón golpeó la isla o pasó de largo? ¿Ha habido muchos daños? ¿Has hecho fotografías? Siéntate y cuéntamelo todo.

Kat aceptó los abrazos y besos de sus compañeros hasta que le dolía la cara de tanto sonreír. Por fin, cuando los dejaron solos, se inclinó hacia Grace.

–Tengo que hablar contigo en privado.

–Muy bien –su jefa enarcó una ceja– vamos a mi oficina.

Unos minutos después, en la oficina decorada con vibrantes amarillos y azules, el aire oliendo vagamente a Beautiful, el perfume de Grace, Kat se preparó para contarle la verdad.

–Bueno, dime. ¿Se trata de una idea para un reportaje?

–No –Kat se aclaró la garganta–. Es sobre Marco.

–Ah.

–Verás…

La situación era más incómoda de lo que había imaginado porque se trataba de Grace, una persona por la que sentía gran afecto.

–¿Sí?

–Marco y yo… en fin, la verdad es que nosotros… Tenemos una relación.

Grace la miró en silencio unos segundos.

–No te entiendo.

–Marco y yo tenemos una relación –repitió Kat.

Su jefa se cruzó de brazos.

–Sí, eso ya lo has dicho, ¿pero qué significa exactamente? Siempre habéis tenido una relación.

–Nos acostamos juntos.

Grace abrió los ojos como platos.

–¿Qué? ¿Desde cuándo?

Kat tragó saliva, intentando mostrarse firme.

–Desde hace diez semanas, antes de que se fuera a Francia.

Y en la isla. Aunque eso no tenía que decirlo porque, a juzgar por su expresión, Grace ya lo sabía.

El silencio de su jefa lo decía todo, de modo que, en lugar de seguir dándole explicaciones, Kat decidió esperar.

–Ya veo –dijo Grace por fin, dejándose caer sobre un sillón–. Una pequeña fiesta de despedida, ¿no?

–Marco y tú ya no salíais juntos.

–Ah, gracias. Eso hace que me sienta mucho mejor.

–No fue nada planeado y…

Grace levantó una mano.

–Déjalo, no necesito que me des detalles. Pero ya te habías acostado con él cuando te dije que quería tener un hijo con Marco.

–Sí, pero…

–Y no me dijiste nada.

Kat asintió con la cabeza.

–Lo siento mucho, pero no sabía qué decir. Entonces solo había sido cosa de una noche, y los dos habíamos decidido olvidarnos de ello. Pero ahora, después de estos dos días, hemos hablado y… en fin, todo es un poco más complicado.

–¿Por qué?

Kat se puso colorada.

–Es complicado, sencillamente.

–No estarás embarazada, ¿verdad?

La sorpresa dejó a Kat boquiabierta.

–¿Qué?

–¿Estás embarazada? –repitió Grace, con expresión seria.

Porque se trataba de Grace, una persona a la que admiraba y respetaba, una persona que conocía su vida personal, Kat vaciló antes de responder. Y esa vacilación la delató.

–Estás embarazada.

No podía ponerse a llorar. Había tenido un momento de debilidad con Marco, abrumada por los sentimientos, pero no podía ponerse a llorar cada vez que alguien lo mencionaba. Tenía que ser fuerte.

Por fin, Grace suspiró.

–No puedo negar que estoy dolida.

Kat hizo una mueca.

–Lo entiendo y lo siento muchísimo, pero no ha sido algo planeado. Si puedo hacer algo para compensarte por el disgusto...

–Una entrevista –dijo Grace inmediatamente.

Kat parpadeó, sorprendida.

–¿Qué?

–Puedes darme esa entrevista exclusiva que llevo tanto tiempo pidiéndote –su jefa se levantó, mirándola con los ojos brillantes.

–No, eso no.

–¿Sigues negándote? –Grace enarcó una ceja–. ¿Después de lo que acabas de contarme y sabiendo que nada en este negocio se puede guardar en secreto durante mucho tiempo? –al ver la expresión alarmada de Kat, su jefa hizo un gesto con la mano–. Cariño, ya deberías saber que no seré yo quien le pase los detalles a la prensa, pero alguien lo hará tarde o temprano. Es inevitable.

Era cierto. Sería imposible mantener aquello en secreto.

–No tengo interés en dar una entrevista, ya lo sabes –dijo, sin embargo.

–La oferta sigue sobre la mesa. Lo haremos a tu manera, con tu aprobación final. Y tú sabes lo difícil que es conseguir eso.

–¿Entonces te parece bien lo de Marco?

–No –respondió Grace–. No me parece bien.

–¿Y esto va a ser un problema entre nosotras?

–Imagino que sí –respondió la mujer, con expresión tensa–. Siempre lo has negado, pero yo sabía que había algo, así que no debería sorprenderme tanto.

Kat tragó saliva.

–Eso no es verdad…

–Por favor –Grace levantó los ojos al cielo teatralmente mientras se dirigía a la puerta–. Siempre ha habido algo entre Marco y tú. Habría que ser ciego para no verlo. ¿Cuándo vais a hacerlo público?

–No vamos a decir nada por el momento.

–Tendréis que hacerlo tarde o temprano, cariño.

Kat frunció el ceño.

–No lo hemos pensado.

–Pues será mejor que empecéis a hacerlo. Ya sabes que los cotilleos corren como la pólvora.

¿Era una amenaza? Sonaba como si lo fuera. Y, si era sincera, no podía culpar a Grace por estar enfadada. Si pudiera compensarla de alguna forma…

¿Tal vez darle esa exclusiva?

Estuvo dándole vueltas durante toda la tarde hasta que por fin se fue a casa, agotada, después de darse una ducha se quedó profundamente dormida en cuanto puso la cabeza sobre la almohada.

Capítulo Ocho

Al día siguiente, Marco y Kat estaban en la consulta del doctor Hardy, esperando nerviosos a que la llamasen. La mayoría de las estructuras en el norte de Cairns habían sobrevivido al ciclón, pero todo seguía teniendo un aspecto irreal; la mitad de la ciudad aplastada mientras la otra seguía alta y orgullosa, como si no hubiera pasado nada.

Marco permanecía en silencio, apretándole la mano a Kat, ocasionalmente rozando sus nudillos con el pulgar mientras los minutos pasaban.

Cinco minutos.

Diez.

Marco miró su reloj y luego miró la elegante consulta por enésima vez. La vida seguía adelante a pesar de la destrucción del huracán. La gente seguía necesitando hacerse pruebas y pedir resultados, diagnósticos, saber qué les pasaba y cómo podían arreglarlo. Solo había unas cuantas personas en la sala de espera: una pareja joven, un hombre mayor y una mujer con dos niños. Marco se preguntó cuál sería su historia. ¿Por qué estaban allí y cómo iban a soportar una mala noticia? ¿Qué habían jurado cambiar de sí mismos si el diagnóstico era positivo?

Miró a la joven madre que leía un libro de cuentos a los niños y sonrió cuando sus ojos se encontraron. Así sería Kat en unos años.

–Gracias por venir conmigo –dijo ella, intentando esbozar una sonrisa.

–No estaría en ningún otro sitio, *chérie* –Marco intentó disimular la preocupación.

Tenía que ser fuerte fuera cual fuera el resultado. Estaba allí como su mejor amigo, no como el hombre que la amaba tanto que estaría dispuesto a cambiarse por ella si pudiese hacerlo.

Kat señaló su ceño fruncido.

–No –murmuró.

Marco se llevó su mano a los labios.

–Lo siento.

–Por favor, Marco. No podría soportarlo si te hundieses ahora.

Él asintió con la cabeza, conteniendo el aliento.

«Tienes que decírselo».

No. No podía hacerlo. Ella había dejado perfectamente claro que solo eran amigos, nada más. Y no tenía la menor duda de que si se lo decía, sería el final de su amistad. Y luchar contra eso en aquel momento, demostrarle que deberían estar juntos cuando ella estaba tan preocupada lo dejaría agotado. Esperar no era algo que se le diese bien, pero la quería en su vida, de modo que tendría que esperar, por frustrante que fuese.

La puerta de la consulta se abrió entonces y todos los ojos se clavaron en el doctor Hardy, que se acercó a ellos con una sonrisa en los labios.

El corazón a Marco le dio un vuelco dentro del pecho.

—Buenas tardes, Kat —la saludó, en voz baja.

—Estoy un poco nerviosa.

—Venid conmigo —el doctor Hardy hizo un gesto para que lo siguieran—. ¿Habéis visto cómo está la ciudad? —les preguntó mientras entraban en la consulta.

—Sí, es increíble.

—No tan mal como después del ciclón Yasi, pero casi.

Ella asintió con la cabeza. Estaba impaciente, Marco lo veía en su expresión, en su ceño fruncido.

—Las pruebas… —empezó a decir—. ¿Han vuelto a comprobar los resultados?

—Sí, eso hemos hecho —el doctor Hardy se quitó las gafas.

—¿Y bien?

—Lo primero, debo ofrecerte mis más sinceras disculpas por lo que has tenido que sufrir estos días. Tenemos un protocolo de trabajo muy estricto y lamentablemente yo me lo salté por afecto hacia tu madre —el hombre tosió, avergonzado—. Pero ahora mismo puedo confirmar que ha habido un error en el laboratorio y que el resultado de tus pruebas es negativo. No eres portadora de la enfermedad.

Fue como recibir un golpe en el pecho. El gemido de Marco se mezcló con el de Kat, que se quedó inmóvil, con los ojos muy abiertos. Y su voz, cuando logró encontrarla, sonaba como si hubiera subido diez pisos a la carrera.

—Perdone, ¿qué ha dicho?

—Que el resultado es negativo. Estás perfectamente sana y no eres portadora de la enfermedad.

El corazón de Marco casi saltó de su pecho. Estaba bien, las pruebas eran negativas. Kat estaba bien.

Nunca en toda su vida había sentido tal alivio. Nada podía compararse, ni entrar en la selección nacional, ni el veredicto de inocencia en el juicio de su padre, ni siquiera el resultado positivo después de su operación de rodilla, cuando le dijeron que volvería a caminar.

No, aquello era pura felicidad.

«Kat va a tener un hijo, nuestro hijo».

De repente, se volvió hacia Kat y la estrechó entre sus brazos. Era un abrazo demasiado fuerte, demasiado emocional, pero maldita fuera, ella estaba bien y la felicidad era incontenible.

Iba a vivir para ver crecer a su hijo, dar sus primeros pasos, ir al colegio, salir con chicas, casarse.

Maldita fuera, Kat iba a vivir.

Por fin, se apartó para tomarle la cara entre las manos, sabiendo que estaba sonriendo de oreja a oreja porque ella hacía lo mismo.

—Estoy bien —susurró Kat, con los ojos llenos de lágrimas.

—Estás bien —repitió él—. Vamos a tener un hijo.

Ella asintió con la cabeza.

—Eso parece.

La emoción la ahogaba, y a Marco, que apartó furtivamente una lágrima con mano temblorosa.

Cuántas veces había asentido con la cabeza cuando algún superviviente intentaba verbalizar sus sentimientos después de una tragedia. Pero no lo había entendido hasta ese momento.

La descarga de adrenalina era asombrosa. Quería llorar, reír, bailar, abrazar al mundo entero. Quería hacer realidad los sueños que Marco y ella habían jurado cumplir en el instituto, intentando quedar por encima del otro: lanzarse en paracaídas desde la torre Eiffel, contratar Disneylandia para ellos solos durante un día entero, bajar el Everest en bicicleta, pilotar un avión de guerra...

Quería vivir.

Después de tantos años negándose a hacerse las pruebas, intentando olvidar la preocupación y el miedo, por fin tenía la respuesta.

Todo parecía irreal, como si estuviera caminando en sueños, en un sitio donde nadie podía tocarla. Y el dulce beso de Marco, su evidente alegría por el resultado... no había mejor momento que aquel.

Era... bueno, no encontraba palabras para describirlo. «Asombroso» o «increíble» no lograban explicar lo que sentía. Era un momento que había cambiado su vida.

No estaba enferma.

La discreta tos del doctor Hardy hizo que los dos se volvieran, sorprendidos. El médico estaba inclinado sobre el escritorio, con expresión seria.

–Gracias, doctor Hardy –consiguió decir Kat–. Es la mejor noticia que me han dado nunca.

–De nada –el hombre se echó hacia atrás en el sillón, pasando una mano por su pelo gris–. Pero hay otra cuestión.

–¿Qué?

–El grupo sanguíneo de tu madre era 0, ¿no?

Kat asintió con la cabeza.

–Así es.

–Y tú eres AB.

–Sí.

–Pues ahí está el problema.

Ella lo miró, desconcertada.

–No lo entiendo.

–Normalmente recomendaría otro análisis de sangre o te diría que vieras a tu médico, pero yo traté a tu madre durante muchos años y creo que te debo esto –el doctor Hardy suspiró–. Una madre de grupo 0 no puede tener un hijo de grupo AB.

Kat parpadeó varias veces, sin entender.

–Tiene que ser un error.

–No, no hay ningún error. Se ha comprobado tres veces.

Kat intentó descifrar lo que eso significaba. Su madre era grupo 0 y ella AB. Y si 0 y AB no podían estar emparentados, eso significaba…

Kat le apretó la mano a Marco.

–Un momento, ¿está diciendo que mi madre no era mi madre biológica?

El doctor Hardy asintió con la cabeza.

109

–No puede ser… –empezó a decir Kat–. Ha habido un error en el análisis de sangre. Tiene que haber un error como lo hubo antes. Será un accidente, un error humano…

–Ya te he dicho que lo hemos comprobado tres veces –insistió el doctor Hardy–. Mira, puedo ponerte en contacto con alguien que…

Kat se levantó a tal velocidad que estuvo a punto de marearse.

–No puede ser… –sin terminar la frase se dirigió a la puerta y salió de la consulta.

Imposible, ridículo, tenía que ser un error.

Cruzó la sala de espera y se dirigió al pasillo, sin darse cuenta de que Marco la llamaba. Tuvo que detenerse para llamar al ascensor y pulsó el botón con fuerza mientras intentaba entender lo que estaba pasando.

No podía ser. Hasta unos minutos antes podía ser portadora de una enfermedad mortal, y cuando por fin le decían que no estaba en peligro, de repente no sabía quién era.

¿Quién era su madre biológica? ¿Su padre sería su verdadero padre? ¿Tendría hermanos y hermanas en alguna parte? ¿Dónde había nacido? ¿Se parecía a alguien de su familia? ¿Alguien la había abandonado y sus padres la habían adoptado? ¿Habría sido una niña robada? ¿O tal vez sus padres la querían pero habían sufrido un terrible accidente y los Jackson se habían hecho cargo de ella?

Angustiada como nunca, levantó una temblorosa mano para llevársela a la boca.

Era como si alguien hubiera borrado su pasado de un plumazo, cada momento reemplazado por un millón de preguntas.

Sintió más que ver a Marco a su lado, una presencia silenciosa que no podía calmar sus caóticos pensamientos.

¿Sería su verdadero nombre Katerina o esa era otra mentira? ¿Lo sabría su padre? ¿Lo sabría alguien?

¿Quién demonios era?

Tuvo que contener un sollozo cuando las puertas del ascensor se abrieron. Marco pulsó el botón y por fin rompió el silencio:

–¿Qué piensas hacer?

Kat no apartó la mirada del suelo.

No lloraría allí. Más tarde sí, pero no allí.

–Voy a ver a mi padre.

–Los vuelos están limitados hasta que el aeropuerto esté abierto del todo.

–Lo sé. Tomaré el primer vuelo a Brisbane.

–Iré contigo.

Desesperada por concentrarse en algo, Kat sacó el móvil del bolso para buscar la aplicación de compra de billetes.

–No tienes por qué.

–Quiero hacerlo.

–¿Puedes tomarte el día libre?

–Por supuesto que sí –afirmó él–. Esto es importante.

Kat asintió con la cabeza. Por supuesto que lo quería a su lado. Como cada vez que había tenido un problema en la vida, su presencia le daría fuerzas para soportarlo.

—¿Puedes dejarme en casa?

—Sí, claro.

Atravesaron el aparcamiento en silencio y, cuando por fin se dejó caer sobre el asiento de cuero, cerró los ojos, agotada. Afortunadamente, Marco no dijo nada, y cuando por fin llegaron a su apartamento no habían dicho una sola palabra.

¿Que iba a decir? No dejaba de darle vueltas a la noticia y si no descansaba un poco se volvería loca. Sin embargo, cuando bajó del coche y lo miró, su cara de preocupación estuvo a punto de hacerla llorar.

—Kat, ¿estás bien?

Ella intentó esbozar una sonrisa.

—No, la verdad es que no, pero lo estaré.

—¿Quieres que suba contigo?

—No, gracias. Necesito estar sola un rato. Tengo que pensar.

—Muy bien —asintió él, aunque no parecía convencido.

—Te llamaré.

Después de decir eso se dio la vuelta, su decepción haciendo eco con cada repiqueteo de los tacones sobre el cemento.

¿Qué esperaba? Le había dicho que quería estar sola.

Pero era como si el suelo bajo sus pies hubiera desaparecido y no sabía qué sentir, qué pensar. En lugar de concentrarse en sus padres y en su identi-

112

dad, ya que por el momento no había ninguna posibilidad de obtener respuestas, se agarró a otro tema que había estado intentando evitar.

Marco y ella.

La realidad de Marco era estar ausente durante seis meses al año y ella no lo quería el cincuenta por ciento del tiempo. Necesitaba un compromiso al cien por cien, pero no podía pedírselo.

Abrió la puerta de su apartamento y entró, tirando el bolso sobre la encimera de la cocina para abrir la nevera.

Sería más fácil para los dos si criase a su hijo sola.

Podría hacerlo. Se tomaría tiempo libre en el trabajo, contrataría a una niñera. Millones de mujeres lo hacían, y ella estaba en una posición afortunada, sin problemas económicos.

Y sin embargo… ¿No le había dolido siempre la ausencia de sus padres? Su madre la había acompañado siempre que le era posible, pero estaba tan dedicada a su trabajo como organizadora de eventos que se había perdido la mayoría de sus actividades en el instituto. Y su padre… bueno, tenía más posibilidades de pilotar el Enterprise que de tenerlo a su lado. Habría sido una sorpresa que hubiera acudido a alguna función escolar.

Sus prolongadas ausencias le habían dolido en el alma porque pensaba que habían perdido el interés por ella, que se habían aburrido o tenían cosas más interesantes en las que ocuparse. Y eso hizo que se sintiera insegura, sola.

Pero ella no era hija de su madre. Tal vez no estaban comprometidos del todo con ella porque no era su hija biológica. Tal vez había sido una decepción para ellos, alguien de quien no esperaban mucho. Y cuando su madre se puso enferma...

Kat tuvo que agarrarse a la encimera cuando se le doblaron las rodillas.

Si Nina no era su madre biológica... sus padres sabían que no podía ser portadora de la enfermedad. Lo sabían y no se lo habían dicho. Durante casi catorce años, su padre había tenido multitud de oportunidades de revelar esa información, de hacer que se sintiera tranquila, pero no lo había hecho. Le había dejado creer que su cuerpo era una bomba de relojería, que en cualquier momento podría ponerse enferma.

Un gemido ahogado escapó de su garganta. ¿Cómo demonios podía el secreto de su nacimiento ser más importante que su salud física y mental?

Le dolía la cabeza de intentar entender todo aquello y se volvería loca si seguía dándole vueltas.

Hasta que viera a su padre no podría saber la verdad, pero podía empezar a controlar los daños. No quería que la prensa se hiciese eco de los absurdos rumores.

Tomó el móvil y buscó un número que había pensado no volver a necesitar nunca: el de la publicista que la había ayudado durante su desastroso divorcio y tras la publicación de las horribles fotos en la ducha que James había vendido a la prensa.

—¿Emma? Soy Kat Jackson. Quiero contratarte.

Capítulo Nueve

Tres días después, Marco y ella encontraron un vuelo a Brisbane. Kat había quedado con su padre en la oficina a la hora de comer, aunque su padre no se tomaba una hora para comer, pensó, mientras subían en el ascensor hasta la planta ejecutiva de Inversiones Internacionales Jackson&Blair.

Había crecido escuchando historias de su padre y Stephen Blair y sabía que los dos habían superado una infancia difícil y que habían invertido cada céntimo en lo que era en aquel momento una de las empresas inversoras más importantes del país.

Pero ese logro tenía un precio. Apenas recordaba a su padre durante su infancia, solo sus continuas ausencias.

Siempre estaba haciendo algo importante y no tenía tiempo para ella. A Connor le había pasado algo similar.

Pero si Keith Jackson la había asustado cuando era una cría, Stephen Blair le daba pánico. Incluso en aquel momento, verlo en su despacho con un elegante traje de chaqueta, hablando con otros hombres con similares trajes, era suficiente para ponerla nerviosa. Era un hombre que juzgaba en silencio, para quien la perfección lo era todo y nada era lo suficientemente bueno a menos que se hiciera a su manera.

Qué pesadilla para Connor tener un padre así.

Cinco minutos después, Kat dejaba a Marco en la sala de espera y entraba en el despacho de su padre, con una mezcla de rabia, miedo y frustración.

–Katerina –la saludó su padre con una sonrisa que no parecía muy sincera–. Me sorprende que la cadena te haya dejado ir durante la cobertura del ciclón.

–Solo me he tomado una tarde libre.

Aunque Grace no pensaba lo mismo. Y tenía la impresión de que su jefa querría que le devolviese el favor.

–¿Qué es tan urgente como para venir a verme a Brisbane precisamente ahora?

Kat se dejó caer en una silla frente al escritorio sin decir nada. Había ensayado el discurso durante el vuelo hasta quedar agotada. Era imposible que su padre no supiera que no era hija biológica de su madre.

–Tengo que preguntarte algo y quiero que me digas la verdad.

Su padre enarcó una ceja, sorprendido.

–Muy bien.

–Papá, ¿soy adoptada?

La expresión de Keith Jackson era una mezcla de sorpresa y confusión. Kat esperó mientras se echaba hacia atrás en el sillón, carraspeando nerviosamente.

–¿Qué clase de pregunta es esa?

–Una perfectamente legítima, ya que es imposible que sea hija de mamá.

–¿Por qué dices eso?

–Porque ella era del grupo 0 mientras yo soy AB.

–¿Hablas de grupos sanguíneos?

–Sí.

–¿Te has hecho las pruebas?

–Sí, papá, me he hecho las pruebas.

–¿Por qué? Pensé que no querías saberlo.

–Estoy embarazada –respondió Kat. Y decirlo fue una liberación–. Quería saber si era portadora de la enfermedad. No lo soy, por cierto. Pero, considerando que mamá no era mi madre biológica, eso es algo que tú ya sabías.

Su padre se quedó mudo. Tragándose una risa histérica, Kat cruzó los brazos y lo miró, esperando. Pero su padre seguía sin decir nada. Genial. Entonces dependía de ella sacarle la verdad.

–¿Tuviste una aventura y la mujer me dejó a tu cargo? ¿Es eso?

–¡No! –exclamó él, poniéndose colorado–. No digas tonterías.

–Entonces soy adoptada.

Su padre asintió con la cabeza y Kat tuvo que hacer un esfuerzo para contener la rabia.

–Me has hecho creer que podría tener la enfermedad que mató a mamá. Eso ha estado sobre mi cabeza como una sentencia de muerte durante años –Kat se levantó de un salto–. ¿Cómo justificas eso? ¿Por qué has dejado que me preocupase todos estos años?

De repente, el rostro de su padre parecía el de un anciano. Como la noche que murió su madre, la única vez que lo había visto débil y vulnerable, un hombre sin poder, sin control. Solo un hombre.

Le había dado un susto de muerte. Como en aquel momento. De modo que volvió a sentarse.

–¿Por qué me adoptasteis? ¿Y por qué lo mantuvisteis en secreto? ¿Por qué no me lo dijisteis?

Su padre suspiró, echándose hacia atrás en el sillón.

–Porque hicimos una promesa.

–¿A quién?

–No puedo decírtelo.

–¡Papá, tengo derecho a saberlo!

–¿Por qué quieres saberlo ahora, Kat? ¿No tienes otras cosas de las que preocuparte, como por ejemplo la reacción de la prensa ante tu embarazo?

Ella parpadeó, atónita. ¿Era eso lo que le preocupaba?

–Yo me encargo de eso, no te preocupes.

–Ya –murmuró él, escéptico.

–Estamos hablando de mi análisis de sangre –insistió Kat, furiosa.

Su padre permaneció en silencio unos segundos.

–Tu madre quería contártelo –empezó a decir, moviendo su taza de café de un lado al otro del escritorio–. Muchas veces.

–¿Y por qué no lo hizo?

–Porque nunca encontraba el momento. Porque sabía que empezarías a hacer preguntas y no podría responderlas –su padre apartó la mirada–. Por eso nunca insistió en que te hicieras las pruebas. Sabía que era casi imposible que también tú tuvieras esa enfermedad.

Kat tragó saliva.

–¿Quiénes son mis padres?

–No puedo decírtelo. Di mi palabra.

–¿A quién le diste tu palabra? ¿Quién tiene tanto poder sobre ti? ¿O se trata de lealtad?

Kat lo pensó un momento. Había una posibilidad, pero parecía tan absurda.

No, no podía ser él.

Y sin embargo.

Pero eso significaría…

–Es Stephen Blair, ¿verdad?

–No –dijo su padre, apartando la mirada.

–De modo que es él –Kat se levantó, mareada–. Voy a preguntarle ahora mismo.

–¡No vas a hacer nada de eso! Por favor, Kat.

Su expresión angustiada le rompió el corazón.

–Dímelo, papá. Por favor.

Keith Jackson apretó los labios. Prácticamente podía ver su cerebro intentando encontrar una salida.

–No puedes decir nada. Ni siquiera a Connor.

Kat tuvo que agarrarse al respaldo de la silla. De modo que no estaba equivocada. Y eso significaba que Connor era su hermano. Connor era su hermano y Stephen su padre.

–¿Quién es mi madre?

–Siéntate, Kat –dijo él entonces.

Marco estaba en la sala de espera mirando su móvil y conteniendo el deseo de levantarse y ponerse a pasear. Por quinta vez miró a la recepcionista y, como había hecho las cinco veces anteriores, ella apartó la mirada, fingiendo estar ocupada en algo.

Por fin, aburrido, se acercó al enorme ventanal para ver la panorámica de la ciudad de Brisbane ante él.

Cuando Kat era niña, Keith Jackson había sido un adicto al trabajo. Pero aunque él era tenso, seco y tenía poco tiempo para las relaciones sociales, Nina, su madre, era todo lo contrario. Cada vez que Kat hablaba de ella, su rostro se iluminaba. Aunque tampoco había sido la madre perfecta. Marco había perdido la cuenta de las veces que había tenido que disimular su desilusión por alguna promesa rota.

Sin embargo, desde que le diagnosticaron la enfermedad nada de eso tenía importancia. Recordaba el día que Kat apareció en su casa en Francia, unas semanas después de la muerte de su madre, desolada. Era como si le hubieran robado algo esencial, algo que no sabía si podría recuperar algún día. Pero con el tiempo había encontrado la manera de superarlo y había vuelto a ser la antigua Kat. Cambiada, más madura, pero la misma.

–Perdone, ¿no es usted Marco Corelli?

Marco miró a la recepcionista con una sonrisa en los labios.

–Sí, soy yo.

–¡Lo sabía! –exclamó la mujer–. Mi hermano juega al fútbol y ve todos los partidos de las ligas europeas. Se pondrá celoso cuando le diga que lo he visto en persona.

–Gracias.

–Enhorabuena por el premio de la federación, por cierto. Se lo merece…

–¿Marco?

Él se volvió al escuchar la voz de Kat, que estaba pálida en el pasillo. Marco se despidió de la recepcionista con una sonrisa y fue con ella hacia el ascensor.

–¿Y bien? ¿Qué te ha dicho?

–Soy adoptada –respondió Kat, sacudiendo la cabeza con un gesto de incredulidad–. Mi padre es Stephen Blair. Connor es mi hermanastro.

Marco la miró, boquiabierto.

–¿En serio?

–Aparentemente, Stephen tuvo una aventura con su ama de llaves y yo soy el resultado. Por favor, parece el guion de una mala película –dijo Kat, irónica.

–¿Y dónde está esa mujer ahora?

–Le dieron dinero para que volviese a Nueva Zelanda. Murió hace unos años.

–¿Entonces tus padres te adoptaron?

–Eso parece.

–¿Por qué lo mantuvieron en secreto? ¿Y cómo?

–Se fueron a Estados Unidos durante un año para esconder que mi madre no estaba embarazada –Kat suspiró–. Stephen suplicó a mi padre que no dijese nada. Le dijo que su mujer pediría el divorcio si lo supiera, que su vida quedaría arruinada y el negocio sufriría, ya sabes. Y mi padre le dio su palabra.

–Entonces, te lo ha contado voluntariamente.

–No, en realidad he tenido que sacárselo.

–¿Vas a contárselo a Connor?

–Si tú fueras él, ¿querrías saberlo?

Marco asintió con la cabeza.

–¿Y Stephen? ¿Vas a hablar con él?

Kat permaneció en silencio mientras bajaban en el ascensor y salían a la calle.

–No lo sé –respondió por fin–. Sinceramente, creo que a él le da igual. Además, jamás podría verlo como a un padre. No, imposible.

–Decidas lo que decidas sobre Stephen, creo que deberías contárselo a Connor. Ya sabes que al final siempre se sabe todo y él debería ser el primero en enterarse. No estoy diciendo que yo vaya a decir nada, pero cuanta más gente lo sepa más posibilidades habrá de que se entere. Y no creo que eso le gustase mucho.

–Sí, tienes razón.

Subieron al coche perdidos en sus pensamientos y estuvieron en silencio durante largo rato.

–Kat…

–Marco –dijo ella al mismo tiempo.

–Ya estamos como siempre.

Echaba de menos las bromas, la camaradería. Esos últimos días habían sido tan tensos que se preguntaba si algún día las cosas volverían a ser como antes.

Solo quería verla sonreír de nuevo. ¿Eso era pedir demasiado?

–Podrías hacer un comunicado de prensa y mudarte a mi casa durante unas semanas, hasta que se olviden del asunto.

Ella negó con la cabeza.

–Tengo un trabajo.

–Uno que Grace te va a poner difícil, sin ninguna duda.

–Está enfadada y es comprensible.

–Si no aceptas mi consejo ni vas a darle a Grace una exclusiva, dime otra vez por qué casarnos no sería buena idea.

–Marco, por favor…

Él exhaló un suspiro.

–Mira, estoy intentando acostumbrarme a la idea y hacer las cosas lo mejor posible.

–¿Y crees que yo no? De repente, mi vida se ha convertido en una locura. No solo mi presente sino mi pasado.

–Lo sé, pero…

–Pedirme que me case contigo ahora es…

Un grito los interrumpió, y cuando se volvieron había dos chicas haciéndoles fotografías con el móvil.

–Dios mío, ¿vais a casaros de verdad? –exclamó

una de ellas–. Es genial, voy a contárselo a todo el mundo.

Marco se llevó una mano a la cara instintivamente y sujetó a Kat por la cintura con la otra, pero ella se apartó para abrir la puerta del coche a toda prisa.

–Lo que nos faltaba.

–No tiene importancia, solo son un par de fans.

–Un par de fans con móviles y medios sociales a su disposición –murmuró Kat, mirando por la ventanilla.

Marco sabía lo que estaba pensando: las llamadas, las preguntas, los paparazzi esperando en la puerta de su casa, la televisión y la radio diseminando y analizando cada uno de sus movimientos.

Y él no podía hacer absolutamente nada.

–Kat…

–Enviaré un comunicado de prensa hoy mismo negándolo todo, aunque no va a servir de nada.

–Tal vez nadie se interese.

Kat hizo una mueca.

–Tú sabes que sí.

Marco no podía discutir y fueron al aeropuerto en silencio.

–Tengo que ir a Darwin –le dijo cuando llegaron al aparcamiento.

–¿Hoy?

–Sí, hoy. Tengo que inaugurar una escuela de entrenadores.

–¿Cuándo volverás?

–En un par de días. El lunes seguramente.

–Muy bien.

–Mira, Kat, no quiero dejarte sola precisamente ahora, pero también tengo que ir a Melbourne y a Sídney. No volveré hasta el día antes de la entrega del premio.

Ella se encogió de hombros.

–No pasa nada, puedo arreglármelas sola.

Le molestaba esa actitud despreocupada. Era como si no esperase nada mejor de él.

–Ya sé que puedes arreglártelas sola, pero me gustaría estar contigo.

–Tengo una cita para hacerme una ecografía la semana que viene.

Marco frunció el ceño.

–¿Por qué no me lo habías dicho?

–Te lo estoy diciendo ahora.

–Podría haber cambiado las fechas.

–No podías hacerlo. Además, solo es una ecografía.

Él se pasó una mano por el pelo.

–No voy a abandonarte, Kat.

–Lo sé, pero hasta que anuncie el embarazo creo que deberíamos dejar de vernos, ¿no te parece?

Furioso, Marco abrió la puerta del coche.

–No, no me parece. ¡Esto es ridículo! Llega un momento en el que uno tiene que decir: ya está bien. Tienes que olvidarte de lo que opinen los demás y vivir tu vida.

Cerrando el coche de un portazo se dirigió a la terminal, con Kat detrás de él. Pero gracias al encuentro con las fans no dejaba de mirar por el rabillo del ojo para ver si alguien más estaba haciéndoles fotografías o escuchando su conversación. Era exasperante.

Por fin, llegaron a la sala de espera VIP, que consistía en una elegante cafetería, varios sofás y un centro de comunicaciones. Pidieron un refresco y algo de comer, pero seguían sin hablarse. Marco comprobó sus mensajes, Kat abrió su iPad para leer sus correos. Sin decir una palabra.

¿Era así como terminaba una amistad?, se preguntó, mirando la pantalla del teléfono. No con una pelea espectacular sino con un silencio forzado, tan incómodos el uno con el otro que Kat apenas podía mirarlo.

No habían discutido, no se odiaban. Sencillamente… Kat no quería casarse con él.

Marco apretó los labios, airado. Llevaban diecinueve años siendo amigos y no iba a dejar que lo apartase de su vida por nada del mundo.

Cuando volviese de su viaje tendrían una seria conversación acerca de todo, incluyendo el matrimonio.

Un día después, el rumor llegó a los programas de cotilleo y luego a los periódicos de tirada nacional, todos exagerando algo que debería haber sido un mero artículo en las páginas de sociedad.

Por supuesto, los paparazzi acamparon en su puerta y tuvo que contratar un chófer.

Además de publicar algunas fotografías robadas en la calle o en el estudio, también publicaron fotografías antiguas, de cuando iba de fiesta todas las noches.

La última había sido publicada dos días antes y Kat no había sabido nada de Marco desde entonces. Había tomado el móvil una docena de veces para llamarlo, pero al final no se atrevía. Era algo que tenían que hablar cara a cara, no por teléfono.

Por supuesto, Grace estaba enfadada y la presión en el trabajo empezaba a ser insoportable. Después de cada día volvía a casa y se tumbaba en el sofá, agotada, intentando decidir si quería buscar a la familia de su madre biológica, que sería la suya.

Y en Connor.

¿Cómo se le decía a alguien que era tu hermano? Connor era uno de sus mejores amigos.

Con el ordenador y un cuenco de cereales en la mano se metió en la cama y empezó a investigar. Gracias a los foros y chats de Internet leyó cosas sobre gente en situaciones similares y cómo habían logrado conectar con sus familias biológicas.

Esa noche, después de marcar una página y cerrar el ordenador, volvió a pensar en la parte física de su realidad. En menos de siete meses tendría un hijo. Sería madre.

Suspirando, se hizo una bola en la cama y empezó a pasarse una mano por el abdomen. Tenía una cita con el ginecólogo. Estaba pasando, era real. Y Marco no estaría a su lado.

Kat cerró los ojos, negándose a sentirse culpable. No podía hacer nada. Él tenía trabajo y se trataba, como ella le había dicho, de una simple ecografía. Habría muchas oportunidades de ir juntos al ginecólogo.

Pero le había dicho que no quería que fuese con ella.

¿Por qué si no era cierto?

Incapaz de responder a esa pregunta, Kat se concentró en el trabajo al día siguiente, en la frenética energía dc relatar la destrucción que el ciclón Rory había dejado a su paso. Pero durante las reuniones del personal, cuando discutían los méritos de cada historia para conseguir máximo impacto, no podía dejar de pensar en Marco, que la apoyaba en todo, que confiaba en ella. Que le había dado su apoyo para abrir una fundación.

Una fundación en la que pudiese recaudar fondos y controlar cada caso en particular de principio a fin.

Kat empezó a hacer una lista de cosas que hacer hasta que tuvo dos páginas llenas de notas y números. Esa noche lo reorganizó todo en su cabeza hasta que tuvo un plan. Y cuanto más lo pensaba, más emocionada estaba. Incluso tomó el teléfono, dispuesta a discutirlo con Marco, pero al final no se atrevió.

Él estaba muy ocupado, por eso no la había llamado. Por asombroso que hubiera sido, el sexo había arruinado su amistad.

Kat sacudió la cabeza.

Estaba pensando como una novia, no como una amiga. Los amigos no se preocupaban de quién llamaba a quién, sencillamente se llamaban. Y desde luego no dejaban que la otra persona desapareciera de su vida.

En ese momento sonó el teléfono. Era Connor.

–Hola, guapo –lo saludó mientras iba a la cocina.

–¿Qué haces mañana? –le preguntó él.

–¿Mañana sábado? Pues lo de siempre: ver un poco la televisión, comer, esconderme de los paparazzi que me persiguen.

–¿Dónde está Marco?

–En Darwin, creo.

Al otro lado hubo una pausa.

–¿Os habéis peleado?

Kat exhaló un suspiro.

–No, es que hemos tenido… una diferencia de opinión.

–¿Algo que ver con ese supuesto compromiso del que habla la prensa?

–En parte.

–¿En parte? ¿Entonces es verdad?

–No, es… demasiado complicado. El embarazo, la prensa, el trabajo. Me siento culpable porque cada vez que hace una aparición pública lo vuelven loco a preguntas que no tienen nada que ver con el fútbol.

–Los periodistas son idiotas, por eso voy a verte.

–Si esa fuera la razón de tu visita habrías venido a verme mucho antes.

129

Connor rio.

–Ignoraremos a la prensa, comeremos pizza y veremos *Expediente X*.

Kat esbozó una sonrisa.

–Suena genial.

–O podríamos ir a la isla de Marco. Allí estaríamos solos.

–Ya, claro. Entonces empezarían a decir que tú y yo estamos juntos.

Connor rio de nuevo.

–No sé, me gusta cómo suena Kitco, mucho mejor que Markat.

–Mira que eres tonto.

–No se lo digas a nadie, arruinarías mi reputación.

Kat seguía sonriendo cuando cortó la comunicación. No sabía si iba a hablar con Stephen porque, francamente, ese hombre le daba pánico, pero no tenía ningún problema en aceptar a Connor como su hermano. Lo quería como a un hermano, más incluso, porque había tenido años para quererlo como amigo sin las obligaciones familiares.

De hecho, debía admitir que estaba deseando contárselo. No sabía cómo iba a reaccionar, pero esperaba que Connor sintiera lo mismo que ella.

Al día siguiente, media hora después de llegar a casa, sonó el portero automático.

–¿Chez Jackson? Soy el repartidor de pizza.

Kat sonrió al escuchar la voz de Connor.

–Sube, tonto.

Unos segundos después, Connor entraba en el apartamento con una bolsa de viaje en una mano, una caja de pizza en la otra y una enorme sonrisa en los labios.

–Eres mi salvador –dijo Kat, abrazándolo.

Connor dejó la bolsa de viaje en el suelo.

–Parece que es tarde para los paparazzi. No he visto ninguno en la puerta.

–Están ahí, pero no puedes verlos. Son como las cucarachas.

La risa de Connor la siguió hasta la cocina, pero mientras cortaba la pizza él recibió un mensaje en el móvil, que miró con cara de preocupación.

–¿Una mala noticia?

–Todo el mundo piensa en el matrimonio últimamente. Mi madre no para de incordiarme.

–¿Ah, sí?

–Aparentemente, un tipo de treinta y tres años a quien le va bien en la vida necesita una esposa para parecer más estable y conservador ante los inversores europeos.

–Pues yo no creo que sea una panacea.

–Bueno, dime ¿hay algo de verdad en esos rumores?

–¿Qué rumores?

–Los de que Marco y tú vais a casaros.

–Sí… bueno…

–¿Marco te ha pedido que te cases con él?

–Un par de veces, sí.

Connor la miró, atónito.

–¿Y tú qué le has dicho?

Kat negó con la cabeza.

–Solo se ofreció para evitarme la pesadilla de los paparazzi, pero es una pesadilla de todas formas. Aún no he anunciado que estoy embarazada, así que imagina la que van a montar.

–¿Estás contenta, por cierto?

–¿Por el embarazo? Creo que me voy acostumbrando a la idea.

–No, me refiero a Marco.

–¿Qué quieres decir?

–¿No te das cuenta de que estáis hechos el uno para el otro?

Kat apartó la mirada.

–Marco es mi…

–Mejor amigo, ya lo sé –Connor puso los ojos en blanco–. Lleváis años diciendo eso. ¿Por qué no admitís de una vez que os queréis y os dejáis de tonterías?

–Le quiero mucho, pero también te quiero a ti.

Connor sonrió.

–Lo mismo digo, cariño. Pero no estás enamorada de mí.

Kat estaba a punto de negarlo, pero decidió no decir nada.

–Mira, olvida eso por un momento. Necesito hablar contigo de otra cosa –empezó a decir, inclinándose hacia delante–. Tú sabes que me hice unas pruebas el mes pasado, ¿verdad?

–Sí, claro. No me digas que han vuelto a equivocarse.

–No, no es eso. Pero verás, la razón por la que el resultado es positivo es que… –Kat no sabía cómo decírselo porque seguía siendo increíble para ella– Keith y Nina no eran mis padres biológicos.

Connor enarcó una ceja.

–¿Qué?

–Por el análisis de sangre descubrieron que no podía ser hija biológica de Nina, así que fuimos a hablar con mi padre y él me contó la verdad: soy adoptada.

–¿Fuimos? ¿Marco fue contigo?

–Sí, pero hay más.

–¿Más? ¿Qué más puede haber? Esto es increíble.

–Connor… mi padre es Stephen Blair.

Él la miró en silencio durante unos segundos y después soltó una carcajada salvaje.

Kat lo miró, perpleja. ¿Qué significaba eso? ¿Estaba disgustado, incrédulo, molesto?

–¿Estás bien? –le preguntó, al ver que no dejaba de reírse.

Connor se levantó y empezó a pasear por la cocina.

–No, espera un momento.

Kat lo vio pasarse una mano por el pelo y sacudir la cabeza hasta que, por fin, después de unos interminables minutos, se volvió hacia ella.

–¿Sabes una cosa? Yo sabía que había algo raro. Lo sabía.

–¿Qué?

–Hace muchos años escuché parte de una conversación entre mis padres. Hablaban de un bebé... pero entonces no sabía que eras tú, claro.

Ella parpadeó, sorprendida.

–¿Qué decían?

–Mi madre estaba enfadadísima y mi padre no quería hablar, como siempre. Pero al día siguiente mi madre apareció con un bolso nuevo de Prada y un collar de diamantes y todo volvió a la normalidad.

Kat se echó hacia atrás en la silla.

–¿Y crees que hablaban de mí?

–Estoy seguro. Ahora estoy seguro. Mi madre siempre se quejaba de las aventuras de mi padre, ya sabes –Connor empezó a rascar la etiqueta de la cerveza con la uña.

–Sí, lo recuerdo.

–Mi padre ha tenido muchas aventuras y, aparentemente, mi madre aún no le ha perdonado por acostarse con otra mujer el día que nací yo.

Kat apretó los labios. Connor proyectaba una imagen tan seria, tan capaz, que pocos sabían que tenía un corazón de oro bajo el traje de Armani y el rostro de belleza clásica. Pero ella sabía que era una máscara que usaba para protegerse porque, en el fondo, era un sentimental.

–Así que mi hermana, ¿eh? –dijo entonces, tomando un trago de cerveza–. ¿A ti qué te parece?

Era su hermana. Tenía un hermano. Con todo lo que estaba pasando en su vida había olvidado ese pequeño detalle, pero mirando el rostro sonriente de Connor incluso empezó a ver cierto parecido.

–¿No deberíamos abrazarnos para celebrar la ocasión? –bromeó.

–Pues claro que sí.

Cuando Connor la estrechó entre sus brazos experimentó una sensación de profundo alivio, de alegría. Era como si le hubieran quitado un peso de los hombros. No podía creer lo feliz que se sentía en ese momento.

Tanto que sus ojos se llenaron de lágrimas.

Malditas hormonas del embarazo.

–¿Vas a contarle a tu padre que lo sabes?

Connor hizo una mueca.

–No tengo ni idea. Después de tantos años manteniendo el secreto, ¿crees que querría que lo supiéramos? Además, podría tener problemas con el tuyo y eso sería un desastre.

Kat asintió con la cabeza.

–Y no cambiaría nada. No voy a pedir que me incluya en su testamento ni nada parecido.

Connor soltó una carcajada.

–Pero sería divertido llamarlo abuelo dentro de unos meses –dijo, señalando su abdomen.

Kat rio, feliz. Por fin algo iba bien. Si pudiera arreglar así las cosas con Marco…

–¿Qué pasa? –le preguntó Connor al ver que fruncía el ceño.

–¿Aparte de los cotilleos, los paparazzi, las hormonas y que Marco no me dirige la palabra?

—Bueno, tampoco tú le llamas, ¿no?

Kat abrió la boca para negarlo, pero la cerró sin decir nada.

—¿Qué significa esa sonrisita?

—Me encanta que por fin seáis una pareja. Siempre he sabido que había algo entre vosotros, a pesar de que tú lo negases.

—Connor, no nos hablamos.

—Porque no está aquí. Espera a que os veáis de nuevo. La semana que viene, ¿no?

—Sí, en la entrega del premio de la federación australiana.

—Estaréis en Sídney, en un hotel, juntos. Una oportunidad perfecta para hablar.

—No sé…

—¿Llorar a solas en tu casa es mejor? Venga, dile que le quieres y luego os dais un beso y hacéis las paces.

—Pero yo no quiero…

—Claro que sí.

Fue como una revelación. Como si algo fundamental hubiera cambiado dentro de ella. El resultado de las pruebas, la adopción, el niño. Todo había ido empujándola hasta ese momento, obligándola a ver lo que era realmente importante en su vida.

La respuesta era tan sencilla que Kat dejó escapar una exclamación.

Marco.

Era él.

—Le he dicho un par de veces que solo somos

amigos, Connor –empezó a decir–. Y temo que en algún momento me habrá tomado la palabra.

–Estamos hablando de Marco. Además, eres su mejor amiga y vais a tener un hijo. No puede dejarte fuera de su vida de forma permanente.

Kat asintió con la cabeza, sin decir nada. Tres veces le había dicho que solo eran amigos y él no había protestado.

Eso tenía que significar algo.

Suspirando, se sentó en el sofá. En cualquier caso, tendría la respuesta la semana siguiente.

Y le daba miedo, más que nada en toda su vida. Porque existía la posibilidad de que Marco la rechazase.

Y si le decía que solo podían ser amigos… ¿podría ella conformarse?

Capítulo Diez

Los siguientes días fueron una locura de actividad. Kat trabajaba en los reportajes del ciclón Rory y el maratón de donativos, pero la atención de los medios sobre su vida personal empezaba a afectar a su trabajo y algunas empresas, las más conservadoras, habían retirado su patrocinio en el último minuto, dejándola frustrada y furiosa.

En apariencia, Grace no parecía preocupada, pero Kat sabía que lo estaba. Entre eso y la tensión que había entre ellas, ir al estudio no era demasiado agradable.

Marco la había llamado una vez, el día de la ecografía, pero aparte de eso, sus mensajes de texto eran cortos y secos. Y le rompía el corazón que su amistad estuviera pasando por aquel terrible bache.

Por fin, de manera inevitable, algo tenía que pasar. El día antes de ir a Sídney, Kat entró en el despacho de Grace y cerró la puerta con firmeza.

–Lo haré.

–¿Qué? –exclamó su jefa.

–La entrevista exclusiva –respondió Kat–. Pero todo, y me refiero a todo, tiene que recibir mi visto bueno antes de ser emitido.

–Kat, eso es genial. Maravilloso –Grace salió de

detrás del escritorio para abrazarla–. Me acabas de alegrar la semana. ¿Qué digo la semana? El mes, posiblemente el año entero. ¿Puedo preguntar por qué has decidido hacerlo?

–Creo que es el momento adecuado.

–¿Ah, sí?

–Es hora de dejar las cosas claras de una vez por todas –Kat miró a su jefa con gesto decidido y en esa pausa hubo un entendimiento entre las dos.

Era el momento de Grace y Kat iba a dárselo. Las dos sabían que no habría otra oportunidad, como las dos sabían que algo había cambiado entre ellas en esas últimas semanas.

–¿Cuándo?

–La semana que viene, cuando vuelva de Sídney.

–Muy bien, lo tendré todo preparado para entonces.

–¿Podrías esperar hasta después de la entrega del premio de Marco para publicitarla? Esa noche debería ser de los jugadores de fútbol, no mía.

Para su sorpresa, Grace asintió.

–Sí, claro.

–Gracias –mientras se dirigía a la puerta, de repente Kat se vio envuelta por una oleada de tristeza. Las dos sabían que no era solo una entrevista sino una despedida.

A pesar del estrés, de los desacuerdos y de sus problemas personales, aquel trabajo había llegado en el mejor de los momentos, cuando más lo necesitaba. Y siempre se lo agradecería.

–Grace, quiero darte las gracias…

–No –la interrumpió su jefa–. Te las doy yo a ti. Ha sido un placer trabajar contigo, Katerina Jackson.

El teléfono de Grace sonó en ese momento y Kat aprovechó la oportunidad para despedirse con un gesto.

De ese modo todo era más fácil.

Kat se fue a Sídney el sábado y pasó el día en la peluquería, satisfecha de haber recuperado parte del control sobre su vida. Mientras tanto, Marco pasaba horas bajo los focos del estudio en ropa interior, grabando un anuncio, de modo que la primera vez que se vieron fue media hora antes de que la limusina fuese a buscarlos para la cena.

Cuando oyó un golpecito en la puerta de la habitación, Kat se pasó una mano por el vestido de seda color azul pálido y se apartó el pelo de la cara.

Las frases que apenas había tenido tiempo de ensayar se quedaron en su garganta al ver a Marco con un esmoquin, el pelo ligeramente despeinado y esa familiar sonrisa en los labios.

Él la miró de arriba abajo, admirando el vestido hasta los pies con un respetable escote.

–Estás preciosa –le dijo.

Y a Kat se le encogió el corazón.

**

Veinte minutos después salían de la limusina frente al hotel. Kat miró a los famosos futbolistas de la liga europea, todos de esmoquin en aquella ocasión especial. Como siempre, había fans detrás de las vallas, haciendo fotografías y llamando a sus ídolos.

Había cámaras por todas partes, pero estaba lista para enfrentarse con ellas. Además, no era prensa del corazón, pensó mientras recorrían la alfombra roja. Nadie estaba interesado en ella. Solo era una cena y una entrega de premios del deporte.

Sin embargo, de repente vio una figura familiar… James Carter. El maldito James Carter.

El antiguo compañero de equipo de Marco, el hombre que la había convencido para contraer aquella estúpida boda en Bali, el que se había acostado con la camarera en la suite nupcial y después había vendido unas fotografías de ella en la ducha a una revista de cotilleos.

Desgraciadamente, era demasiado esperar que se hubiera vuelto gordo y calvo en esos años. Al contrario, estaba más guapo que nunca: bronceado, sonriente, con los hombros más anchos que antes.

—¿Qué pasa? —le preguntó Marco al ver su cara de preocupación.

—James está aquí.

—¿James Carter?

—¿No debería estar en Italia o algo así?

—Es uno de los presentadores. Estará en el escenario todo el tiempo, no en nuestra mesa. No se acercará y si lo hace no digas nada. Ni lo mires siquiera.

—Ya, claro, qué fácil. No es a ti a quien engañó.

Marco dejó escapar un suspiro.

—No le hagas caso, ¿de acuerdo?

—Ninguno. Fría como el hielo.

—Eso es.

Marco le apretó la mano y Kat sonrió. Y, de repente, era como antes, cuando todo era tan familiar, tan cercano, tan cómodo.

Cuánto lo echaba de menos.

Respirando profundamente, intentó seguir sonriendo como si no pasara nada. Era la noche de Marco y debería disfrutarla. Ya habría tiempo para preocuparse más tarde.

En el salón donde tendría lugar la cena, elegantemente decorado, había más de doscientas personas.

A pesar de las cámaras y de la presencia de James, Kat estaba menos tensa de lo que había esperado. Por una vez, nadie la molestaba. No había preguntas incómodas ni reporteros insoportables. Sí, había cámaras, pero ella era capaz de posar con una sonrisa cuando hacía falta, y mientras James la dejase en paz, como había hecho en la última hora, incluso podría pasarlo bien.

Claro que todo el mundo tenía una cámara y una cuenta de Twiter. Todo el mundo era un reportero en potencia.

Mientras Marco saludaba a unos compañeros, ella fue a la barra para pedir un refresco, pero la sonrisa le desapareció de los labios cuando James se acercó a ella.

–Hola, Kitty.

James Carter, tan contento, con las manos en los bolsillos del pantalón y una sonrisa en los labios.

–¿Qué quieres?

–¿No me saludas siquiera? ¿No vas a preguntarme cómo estoy? Kitty, no seas mala.

–No tengo nada que decirte.

–Esa no es manera de saludar a un…

–¿Amigo? –lo interrumpió ella–. No eres mi amigo. Eres mi ex, el hombre que me engañó, que bebe demasiado y tiene un problema con el juego. Llamemos a las cosas por su nombre.

–Kitty, cariño –James hizo un falso gesto de dolor–. No seas así. No me he acercado para abrir viejas heridas.

–No me llames Kitty. ¿Y por qué te has acercado? ¿Quieres dar que hablar?

–Tú eres un imán para la prensa del corazón. Yo he venido por los premios y…

–No estoy interesada en tu vida –lo interrumpió Kat, volviéndose hacia la barra.

–Kitty…

–¿Qué es lo que quieres?

–Quiero tu perdón.

Ella parpadeó, sorprendida.

–Lo siento, pero no me queda de eso.

James dio un paso adelante e instintivamente ella dio un paso atrás.

–Créeme, Kit-Kat, lo siento de verdad.

–Seguro que sí.

–Hablo en serio.

–Pues lo lamento, pero eso no sirve de nada.

–¿Qué quieres que diga?

–Nada, absolutamente nada.

–Después del divorcio tuve que esforzarme mucho para salir adelante –empezó a decir James–. Sufrí un accidente de coche y estuve mucho tiempo en rehabilitación. Ahora soy una persona completamente diferente.

–Lo sé, lo leí en alguna revista. Lo siento mucho, pero no veo qué tiene eso que ver conmigo.

–Ya te lo he dicho, quiero que me perdones.

–Muy bien, te has disculpado y yo acepto tus disculpas. Me voy.

–Espera –James la tomó del brazo, pero Kat lo fulminó con la mirada.

–Suéltame ahora mismo.

–No puedes esperar que te perdone solo porque tú lo pides. Es tan típico de ti, tan egoísta. Me engañaste y no puedo perdonarte. No hay nada más que hablar.

–Lo sé –James parecía compungido de verdad–. Sé que no hay excusa para mi comportamiento.

–No, no la hay.

–Pero no me diste tiempo para explicarte lo que había pasado. Saliste corriendo…

–¿Qué querías que hiciera?

–Además, tampoco tú eras una santa.

–¿Qué?

–Siempre tuve que competir con Marco, el perfecto y maravilloso Marco Corelli.

–Es mi mejor amigo.

–Ya, seguro. ¿Puedes jurar que nunca ha sido nada más?

–Pues… claro que nunca ha sido nada más –Kat había vacilado durante un segundo y la expresión de James lo decía todo.

–¿Te has acostado con él?

–¿Cómo te atreves…? Esto es ridículo.

–Mira, no he venido aquí a discutir contigo. Solo quería…

–¿Estás bien, Kat?

Sus ojos se encontraron con los de Marco, que acababa de pasarle un brazo por la cintura en un gesto posesivo. Bajo la fría expresión, Kat podía sentir su furia.

–Hola, James –lo saludó, falsamente amable.

–Hola, Marco. Enhorabuena por el premio.

–Gracias.

–Estaré encantado de entregártelo. Te lo mereces.

Kat hizo una mueca. Tenía que reconocerlo: su ex era listo. Y atractivo. Desde el perfecto corte de pelo a las suelas de los brillantes zapatos negros, el hombre lo tenía todo. James usaba el encanto y el atractivo físico para conseguir lo que quería. Y la había conseguido a ella cuando era una ingenua.

–Bueno, Kat, ya hablaremos en otro momento. Estoy en la habitación 1405.

–No irá a tu habitación –intervino Marco antes de que ella pudiese replicar.

–No tenemos nada de que hablar, James. Fin de la historia.

Él hizo una mueca.

–Me gustaría resolver nuestras diferencias, empezar de cero.

–¿Tienes un problema de oído? –le espetó Marco.

–No te metas en esto. Es una conversación entre mi mujer y yo.

–Exmujer –le recordó Marco–. Ahora es mi prometida.

–¿Tu prometida? ¿Entonces vais a casaros? –James abrió los ojos como platos–. Eso confirma mi teoría.

–¿Qué teoría? –Marco dio un paso adelante, irguiéndose todo lo posible, y James hizo lo propio.

Kat sacudió la cabeza. Era como ver a dos perros gruñéndose por un hueso.

–No vamos a casarnos –intervino, enfadada. No podía creer que Marco hubiera dicho eso–. Y ahora, puedes irte, James. No tienes nada más que hacer aquí.

Él exhaló un suspiro.

–No quería hacerlo aquí, pero no me dejas alternativa. Me han pedido que escriba mi autobiografía y no puedo hacerlo sin mencionarte a ti.

Kat apretó los labios.

–No.

–Te guste o no, eres parte de mi vida. Me gustaría contar con tu aprobación para ese capítulo, pero puedo publicarlo sin tu consentimiento.

–James…

Kat no dijo nada más. Podría demandarlo, pero para eso necesitaría dinero y tiempo. Además, de ese modo atraería más atención hacia la estúpida biografía.

–Si no me gusta lo que has escrito, ¿lo cambiarás?

–Depende de lo que sea, pero estoy abierto a hacer algún cambio.

–Muy bien, envíame el capítulo cuando lo hayas terminado.

James asintió con esa sonrisa que una vez le había parecido la más devastadora de la liga francesa antes de alejarse. Pero en el último momento, se volvió abruptamente.

–¡Felicidades por vuestro compromiso! –gritó, para que lo oyese todo el mundo–. Yo sabía que ese comunicado de prensa era una cortina de humo, lo he sabido desde siempre. Espero que seáis muy felices.

Una docena de personas se volvieron hacia ellos y, de repente, se vieron rodeados por una avalancha de felicitaciones.

Kat no sabía qué decir, pero tenía que solucionar aquello.

–No estamos… no vamos a…

Demasiado tarde. El daño ya estaba hecho.

Nerviosa, se apartó de Marco para abrirse paso entre la gente. Maldito James. La exclusiva de Grace había quedado arruinada y eso significaba que tendrían que adelantar la entrevista.

–¿Tu prometida? ¿Por qué has tenido que decir eso?

Marco se encogió de hombros.

—Pensé que así te dejaría en paz.

—¿Con una mentira?

—¿Qué te disgusta más, la atención de la prensa o que yo haya dicho que eres mi prometida?

—No tenías derecho a hacerlo, no es verdad. No somos una pareja.

—Pero vamos a tener un hijo.

Kat sacudió la cabeza. Sí, era cierto, iban a tener un hijo. Y no podía olvidar esas noches, su cálido aliento en el cuello, sus maravillosas manos... que en aquel momento tenía en los bolsillos del pantalón.

—¿Tú sabes lo que va a pasar a partir de ahora? ¿Cómo va a reaccionar la prensa?

—¡Me da igual la prensa! Estoy harto de hablar de ello. Intento ayudarte, pero tú dices que no a todo. Deja de quejarte cuando sabes que todo se arreglaría con un simple «sí».

—Pero ahora mismo no puedo lidiar...

—Lo sé —la interrumpió él—. Solo puedo imaginar cómo estás pasándolo porque no me has llamado, no me has contado nada. Es como si quisieras dejarme fuera de tu vida.

—Marco, yo...

—Mira, este no es el mejor sitio para hablar —la interrumpió él—. Vamos.

Era el momento. Tenían que hablar y tomar una decisión de una vez por todas. Sería el fin de su relación o el principio de una nueva.

Y Kat rezaba para que fuese lo último.

Capítulo Once

Diez minutos después estaban en la habitación del hotel, y mientras lo veía quitarse la corbata, Kat se olvidó de todo.

Era increíble cómo el corazón se le aceleraba en su presencia. Le temblaban las piernas, le ardía la sangre y sus ojos estaban clavados en esos hombros tan anchos, en sus altos pómulos, en ese pelo.

—Tú primero —dijo Marco.

Kat tragó saliva. ¿De verdad podía sincerarse con él? ¿Cómo iba a hacerlo? Y, sin embargo, ¿cuál era la alternativa? ¿Vivir con ese dolor, con esa angustia, preguntándose siempre si las cosas habrían funcionado entre ellos si hubiera tenido un poco de valor para hablarle de sus sentimientos?

—Estoy esperando.

—Y yo estoy pensando.

—Muy bien —él se cruzó de brazos, estudiándola en silencio.

—Deja de mirarme así.

—Lo siento. ¿Cómo quieres que te mire?

—No lo sé. Mira por la ventana. Me estás poniendo nerviosa.

—Esa no es mi intención, *chérie*.

Kat suspiró.

–Lo sé –murmuró–. Mira, hay muchas cosas que debo solucionar y antes quiero hablar contigo, así que será mejor que te sientes, ¿de acuerdo?

–¿Es el niño? ¿Hay algún problema?

–No, no hay ningún problema. No es eso. Es que acabo de leer en la prensa algo sobre tu último contrato.

Marco se encogió de hombros.

–Ya sabes que a la prensa le gusta enredarlo todo.

–¿Entonces no vuelves a Francia?

–Es una de muchas opciones ahora mismo.

–Ya.

Kat se quedó callada y Marco exhaló un suspiro.

–Kat, esta no eres tú, siempre meditando lo que vas a decir… di lo que piensas de una vez.

Tenía razón. Había lidiado con muchas situaciones difíciles y podía hacerlo, tenía que hacerlo.

Quería hacerlo. Estaba locamente enamorada de Marco, pero él solo la veía como su mejor amiga y el matrimonio como una solución.

Y ella no quería casarse si no la amaba. No era egoísta, era noble, ¿no? Significaba que Marco le importaba y no quería verlo infeliz.

Aunque la matase por dentro.

Él sacudió la cabeza. Estaba perdiendo la paciencia mientras esperaba que dijese algo hasta que, por fin, decidió que ya había esperado suficiente.

–Kat –dijo, levantándose abruptamente–. Te quiero.

Ella lo miró con los ojos muy abiertos, la expresión helada durante un segundo. Y luego esbozó una sonrisa que le rompió el corazón.

–Yo también te quiero.

–No, me refiero… te quiero de verdad.

–Y yo…

–No lo entiendes –Marco sacudió la cabeza–. Estoy enamorado de ti. Quiero casarme contigo, pero no porque así todo sería más fácil con la prensa ni por una obligación moral. Quiero casarme contigo porque estoy locamente enamorado de ti. Quiero estar contigo, pero solo si tú también lo deseas.

Decir que se había quedado sorprendida no describiría la expresión de Kat, que se quedó mirándolo en silencio largo rato. Y por un horrible momento, Marco pensó que iba a rechazarlo.

–Yo… –empezó a decir.

–Kat, di algo. Lo que sea.

Ella cerró los ojos un momento y luego volvió a abrirlos. Y en esa mirada vio la verdad.

–Estos últimos meses… bueno, estas últimas semanas han sido una locura para mí. El embarazo, descubrir que soy adoptada, que no padezco la enfermedad de mi madre. Me he vuelto loca y estoy harta. Nada es perfecto y acabo de descubrir que no tiene por qué serlo.

Él permaneció en silencio, dándole tiempo. Y no tuvo que esperar demasiado.

–Ha hecho falta todo eso para hacerme ver lo que es realmente importante –siguió Kat, alargando una mano para tomar la suya–. Y lo importante eres tú. No quiero pasar el resto de mi vida deseando haber tenido valor para decirte lo que siento y no quiero pasar un solo día más sin estar contigo, hablando contigo, queriéndote. Si eso significa que solo podremos estar juntos seis meses al año, que así sea. Haremos que esos seis meses cuenten como un año entero.

Marco cerró los ojos y Kat contuvo el aliento, esperando. Los segundos le parecían horas.

Cuando por fin abrió los ojos su expresión hizo que se le doblasen las rodillas.

Y, de repente, tiró de ella para besarla, un beso profundo, apasionado, lleno de emoción. Kat gritó, sorprendida, mientras le echaba los brazos al cuello.

–Kat –murmuró, acariciándole el pelo–. Dios, ¿tú sabes cuánto te he echado de menos estas semanas?

Cuando volvió a besarla, Kat pensó que iba a morirse de felicidad. Y cuando por fin se apartó, su expresión era de total alegría, de auténtica emoción.

–*Je t'adore, chérie* –musitó, tomando su cara entre las manos–. Te he querido durante tanto tiempo, pero tú eres tan obstinada y yo… –no pudo terminar la frase porque volvió a besarla.

La amaba. ¿Cómo era posible? Después de todo lo que había pasado, ¿cómo había conseguido a aquel hombre maravilloso, su mejor amigo y su amante a la vez?

–Ven aquí.

Kat lo llevó al dormitorio y cerró la puerta. Con manos temblorosas empezó a desabrocharle la camisa para acariciarle la piel desnuda, inclinando la cabeza para besar su torso.

–Hueles de maravilla.

–Gracias. Tú tampoco hueles mal.

Kat sonrió sobre su piel.

–Mmm….

–¿Eso es un murmullo de apreciación?

–Sí.

–Kat…

–Deja de hablar.

Cuando empezó a mover la boca sobre su torso, él dejó escapar un gemido ronco. Tenía una voz perfecta, unas manos perfectas, todo perfecto.

–Eres perfecto –murmuró.

–No…

–Sí lo eres. Y esto de aquí –Kat tocó su abdomen plano, los abdominales marcados –es una tentación.

–¿Ah, sí?

–Esta parte de aquí, sobre el elástico del calzoncillo, me vuelve loca.

–¿Muy loca?

–Así de loca –respondió ella, desabrochándole el pantalón para poner la boca sobre su piel, deslizando los labios por el vello oscuro que se perdía bajo el elástico del calzoncillo.

Marco contuvo el aliento y levantó las caderas para ayudarla a quitarle el pantalón.

Kat tiró la prenda al suelo y se incorporó un poco para mirarlo tumbado. Suyo.

Esperándola, deseándola.

—Kat...

No dijo nada más, pero la ternura que había en su tono hizo que se le encogiese el corazón.

Pasó las manos por los duros muslos, sujetando sus caderas, y luego lo tomó en su boca con firmeza. Cuando él intentó apartarla, Kat le puso una mano en el estómago.

—No te muevas —le ordenó, antes de seguir dándole placer, disfrutando del poder que eso le daba y del maravilloso tacto de terciopelo.

Pero cuando notó que empezaba a ponerse tenso, se detuvo.

—Kat, ¿qué haces?

Ella se deslizó por su cuerpo desnudo para besarlo en los labios antes de colocarse a horcajadas sobre él.

—Impaciente —murmuró.

—Bruja.

Se movían juntos en perfecta armonía, dos personas enamoradas, disfrutando la una de la otra, disfrutando del placer, tan abrumador que no podía soportarlo más. La liberación fue puro éxtasis y la dejó temblando, saciada por completo.

Dejando escapar un gemido ronco, Marco la siguió, apretándola con fuerza entre sus brazos, sujetándola mientras sus cuerpos cubiertos de sudor se convertían en uno solo.

Kat tenía un millón de palabras en la punta de

la lengua, pero no quería decir nada por temor a romper ese maravilloso momento.

Por fin, mientras sus cuerpos se enfriaban y sus corazones volvían a latir a ritmo normal, Marco miró su reloj.

–Tal vez deberíamos volver a la ceremonia.

–Sí, tal vez.

–Cuánto entusiasmo.

–Bueno, la verdad es que preferiría que nos quedásemos aquí.

–Lo entiendo, a mí me pasa lo mismo.

–Marco… he decidido dejar mi trabajo –dijo Kat entonces.

–¿En serio?

–Voy a abrir una fundación. Aún no sé cuál o cómo, lo pensaré mientras esté embarazada.

Cuando le deslizó una mano por el abdomen, Kat se quedó sin aliento. Luego sonrió, inclinándose para besarla, y de nuevo se sintió abrumada de emoción.

–No quiero que te canses demasiado.

–Puede contratar gente, delegar.

–¿Entonces de verdad vas a hacerlo?

–¿Crees que no seré capaz?

–Por supuesto que eres capaz, *chérie*. No tengo la menor duda.

–Bueno, y sobre ese matrimonio…

–¿Sí?

–¿La oferta sigue sobre la mesa?

Marco frunció el ceño.

–No.

Kat levantó la cabeza.

–¿Qué?

–No es una oferta de trabajo, te estoy pidiendo que seas mi mujer. Que estemos juntos el resto de nuestras vidas, que tengamos hijos, que me hagas feliz mientras yo te hago feliz a ti. Es una proposición de matrimonio hecha con amor.

Kat miró el tierno brillo de sus ojos, la curva de sus labios. Y volvió a enamorarse de él otra vez.

Era absolutamente perfecto. Más que perfecto.

Era su Marco.

Cuando los ojos se le llenaron de lágrimas, él le apretó la mano.

–¿Por qué lloras?

–Son las hormonas.

–Sí, claro. ¿No serán lágrimas de felicidad?

Kat tuvo que sorber por la nariz furiosamente.

–Tal vez –admitió–. Bueno, sí, lo son.

Marco la besó tiernamente, un beso que marcaba el momento más importante de sus vidas.

–Bueno, ¿entonces te casarás conmigo?

–Por supuesto que sí –respondió ella, sin la menor vacilación–. Eres mi mejor amigo, mi Marco, y te quiero.

–Y yo te quiero a ti, mi Kat.

PRINCESA TEMPORAL

OLIVIA GATES

Cuando el rey ordenó al príncipe
Vincenzo D'Agostino que se ca-
sara, él supo que solo había una
mujer posible: Glory Monaghan,
la amante que lo había traicio-
nado seis años antes. Así, com-
placería al regente y conseguiría
a la mujer que no podía olvidar.
La propuesta de Vincenzo era lo
último que Glory esperaba, porque sentirse rechazada por él
años antes casi la había destrui-
do. Pero no tenía otra opción.
Convertirse en la esposa de Vincenzo salvaría a su familia.

*¿Se entregaría a la pasión del
príncipe de nuevo?*

Acepte 2 de nuestras mejores novelas de amor GRATIS

¡Y reciba un regalo sorpresa!

Oferta especial de tiempo limitado

Rellene el cupón y envíelo a
Harlequin Reader Service®
3010 Walden Ave.
P.O. Box 1867
Buffalo, N.Y. 14240-1867

¡Sí! Por favor, envíenme 2 novelas de amor de Harlequin (1 Bianca® y 1 Deseo®) gratis, más el regalo sorpresa. Luego remítanme 4 novelas nuevas todos los meses, las cuales recibiré mucho antes de que aparezcan en librerías, y factúrenme al bajo precio de $3,24 cada una, más $0,25 por envío e impuesto de ventas, si corresponde*. Este es el precio total, y es un ahorro de casi el 20% sobre el precio de portada. !Una oferta excelente! Entiendo que el hecho de aceptar estos libros y el regalo no me obliga en forma alguna a la compra de libros adicionales. Y también que puedo devolver cualquier envío y cancelar en cualquier momento. Aún si decido no comprar ningún otro libro de Harlequin, los 2 libros gratis y el regalo sorpresa son míos para siempre.

416 LBN DU7N

Nombre y apellido	(Por favor, letra de molde)	
Dirección	Apartamento No.	
Ciudad	Estado	Zona postal

Esta oferta se limita a un pedido por hogar y no está disponible para los subscriptores actuales de Deseo® y Bianca®.
*Los términos y precios quedan sujetos a cambios sin aviso previo.
Impuestos de ventas aplican en N.Y.

SPN-03   ©2003 Harlequin Enterprises Limited

¡Aquel era el compromiso más sorprendente del siglo!

Se comentaba que la chica mala del momento, la célebre Aiesha Adams, había hecho propósito de enmienda. Fuentes internas aseguraban que se hallaba recluida en la campiña escocesa y acababa de comprometerse con el atractivo aristócrata James Challender.

Perseguida por su desgraciado pasado, Aiesha escondía un alma romántica bajo su fachada de dura y rebelde. ¿Pero qué había ocurrido para que acabara comprometiéndose con su acérrimo enemigo? Aislados por la nieve en una mansión de las Tierras Altas, a Aiesha y James no les iba a quedar más remedio que empezar a conocerse…

Cautiva de nadie

Melanie Milburne

LISTA PARA ÉL

KATHERINE GARBERA

El millonario Russell Holloway estaba decidido a seguir soltero a pesar de participar en un programa televisivo de búsqueda de pareja. De la mujer con la que le habían emparejado solo quería que lo ayudara a limpiar su reputación para conseguir la empresa que le interesaba. Nada más… excepto algunas noches de placentera diversión. Gail Little pasó de ser reservada a deslumbrante cuando la prepararon para su primera  cita. Aunque la cámara hubiera captado la química que surgió entre ellos, ¿permitiría que el eterno playboy la convirtiera en su mujer… para siempre?

Sexy y soltero…